文 庫

恋文心中

御宿かわせみ15

平岩弓枝

文藝春秋

目次

恋文心中

雪女郎《ゆきじょろう》

一

一月になって、江戸は雪の日が多くなった。

殊に、藪入《やぶい》りの夕方から翌朝にかけては大雪で、やれ、どこそこの塀が倒れたの、秘蔵の古木の枝が折れたのという噂《うわさ》が、雪かきにいそがしい人々の口から口へ伝えられた。

大川端の小さな宿屋「かわせみ」でも、屋根瓦が二、三枚割れて、早速、出入りの職人のところへ修理を頼みに行くと、すでに、あっちこっちの得意先から同じような依頼があって、親方も職人も出払っていて、まことに申しわけないが、手の空き次第、うかがわせますが、とても今日、明日というわけにはいかないと、親方のお内儀《かみ》さんが恐縮し切っていたと、使にやった若い者の返事であった。

で、とりあえず、嘉助《かすけ》が屋根へ上って応急の修理をし、幸い、大雪のあとは晴天が続いたので雨もりの心配もなかったところ、三日経って親方自らやって来て、割れた瓦をそっくり取り替えてくれた。

同じ江戸でも、雪の被害のひどかったのは本所、深川のようで、屋根ぐるみ落ちて怪我人の出たところもあるという話を、仕事が終って一服の時、親方がして、

「そういえば、あの大雪の夜に、雪女郎をみたという奴が居りますんで……」

といい出した。

深川の材木問屋、甲州屋へ屋根の修理に行って聞いたことで、

「甲州屋の番頭の忠兵衛さんが、十六日に柳島村の甲州屋の寮へお出かけなすったんだそうでございますが、その帰りに雪女郎をみたそうでして……」

柳島村の田畑に雪が降り積っている中に、白っぽい打掛を着て、前帯に結んだ女が、ぼうっと立っていた。

「番頭さんも、お供の小僧もびっくり仰天して、慌てて寮へ逃げ戻ったところ、大旦那の太郎左衛門さんが、大雪の夜はあやかしが出るというから気をつけたほうがいいとおっしゃって、結局、翌日、陽が高くなってからお店のほうへ帰って来たと申します」

屋根屋の親方が気味悪そうに話をして帰ったあとに、たまたま、神林東吾《かみばやしとうご》が「かわせみ」へやって来て、早速、それを聞かされた。

「そいつは、甲州屋の番頭の作り話だろう。大方、吉原あたりへ出かけていて、大雪で朝帰りになった口実に、雪女郎なんぞを持ち出したのに違いない」

この節、吉原は不景気で、揚代を値引きするやら、酒や肴《さかな》をただで出したりと、客寄せに大童《おおわらわ》の有様だそうだから、

「甲州屋の番頭も、帰るに帰られなくなって、雪女郎のせいにしやがったんだ」

と、わけ知り顔にいったまではよかったが、

「まあ、よく御存じでいらっしゃいますこと。この節の吉原が値引きだの、なんだのと」

姉さん女房の眉《まゆ》がちょっと上って、

「よせよ、町廻《ちようまわ》りの連中が、そういう話をしていると……、源さんに聞いたんだ、源さんに……」

あたふたと弁解する破目になった。

そんなことがあって十日後、東吾は兄の使で本所の麻生《あそう》家へ加賀の酒を届けに行った帰りに、ばったり畝源三郎《うねげんざぶろう》に出会った。

「よいところで……、今から東吾さんをお訪ねしようかと思案していたのですよ」

嬉しそうにいわれて、それでは、と、近くの長寿庵の暖簾《のれん》をくぐった。

釜場にいた長助《ちようすけ》がとんで来て、寒風の中を歩いて来た二人に熱燗《あつかん》と種物の仕度をする。

その長助に、

「雪女郎の噂は、相変らずか……」

と源三郎が声をかけ、東吾が思わず手を振った。

「雪女郎の話なら御免だぜ。源さんの話の受け売りをして、かわせみの女どもに、えらく絞られたんだ」

うっかり、色里の噂なんぞするものじゃないと苦い顔の東吾に、源三郎が笑った。

「東吾さんらしくもありませんな。吉原の話ではありません、雪女郎です」

「なんだろうと、女郎ってのは禁句なんだ」

だが、東吾は「かわせみ」で聞いた屋根屋の話を思い出していた。

「雪女郎が、又、出たのか」

「一昨日の雪の夜です」

この前ほどの大雪ではなかったが、溶けかけて泥まみれになっていた以前の積雪の上を、きれいに雪化粧した。

「誰がみたんだ」

「何人かが目撃しているのです」

種物を運んで来た長助が、傍から告げた。

「大きな声じゃ申せませんが、一昨日の晩は本所の堀丹波守様の下屋敷で、ちょいとした御開帳がありまして、御常連の旦那方が集ったんですが」

雪になって、早めにおひらきとなり、陸《おか》を帰るよりは舟のほうがよかろうと、猿江町のほうへ向う何人かが、屋形舟の用意をさせて北十間川を下った。

「ちょうど、業平《なりひら》橋を横川へ折れる手前だったと申します」

押上村の、やはり雪の降っている畑地の中に、打掛姿の女がいるのを、舟に乗っていたみんながみた。

「まっ白けな衣裳に、まっ白けな扇を持って、雪ん中で踊っているようだったというんですが……」

「誰か、岸へ上って確かめた者はいないのか」

「それどころか、みんな、わあっと頭を抱えちまって、船頭がむやみに櫓《ろ》を漕いで、横川から猿江町へ逃げ帰ったといいます」

「そのあとがあるのです」

源三郎が続けた。

「その翌日の夜のことなのですが……」

雪は降っていなかったが、前日の積雪が銀色に凍りついていて、鎌のように細い月が空にかかっていた。

「小梅村の真盛寺という寺の住職が檀家《だんか》の通夜に行った帰りに、横川の川っぷちの道を戻って来ると、遠くの原に、やはり、雪女郎が突っ立っているのをみたと申すのです」

つまり、二日続けての、雪女郎の出現であった。

「最初は、柳島村だな」

甲州屋の番頭のみた雪女郎である。

「そうです。竜眼寺の南側で、横十間川の向う側でした」

すぐに、源三郎が反応した。

「今度は押上村と小梅村か」

横十間川と横川に、はさまれた地点である。

おおざっぱないい方をすれば、最初は横十間川の東側、次の二回は横十間川の西側ということになる。

「雪女郎なんてものが、この世にいるんでございましょうかね」

いささか憮然《ぶぜん》として長助がいった。

「手前のところが蕎麦粉《そばこ》を仕入れている雑穀問屋で聞いたんですが、信州の山奥なんぞには、吹雪の晩に雪女ってのが出るそうで、そいつをみた者は間違いなく凍え死をするんだっていいますが……」

まさか、江戸で、そんなと、長助は半信半疑である。

「悪戯《いたずら》だろうな」

東吾は、さっぱりしたもので、

「よもや、町奉行所が雪女郎ってのを縛ろうというわけじゃあるまい」

「ただの悪戯なら、まあ、いいようなものですが、本所の旗本衆の中には、世間さわがせな雪女郎を放っておいては、上様の御威信にかかわるとおっしゃるむきもあるそうで……」

源三郎のほうは困惑の様子である。

「冗談いうな。黒船が来て、日本国中がひっくりかえっている時に、たかが雪女郎なんぞにかかわり合っていられるものか。捨てておいたって、その中《うち》、陽がさしてくりゃ溶けて流れて水になる」

だが、それから二日後、江戸は再び雪に見舞われた。

午後から降り出したのが、東吾が八丁堀の道場から帰った時には一寸ばかり積って、

「このまま、夜中、降り続けるとこの前以上の大雪になりましょう」

用人が小者に指図をして庭木の枝に支えをしたり、雪よけをかぶせたりしている。

が、雪は兄の通之進《みちのしん》が奉行所から退出して来た時には止んでいた。

「老中方には、黒船来航をきっかけに、旗本の子弟どもの柔弱ぶりを顰蹙《ひんしゅく》されて、新たに武芸奨励の学校を開設されるようだ」

剣術が中心だが、砲術や軍艦操練術などを含む大規模なものになるらしい、と通之進が東吾に話した。

「実はお奉行から、そなたのことについて御下問があった。練兵館の斎藤弥九郎先生が、御自分の弟子の中、十指を折るとすれば、と挙げられた者の筆頭に、東吾の名があったそうじゃ」

弟の武芸を誉められたことで、通之進は嬉しげではあったが、僅かな不安ものぞいていた。

「徳川家危急存亡の折、ひょっとして緊急のお召しがあるのかも知れぬ」

風雲は西から起っていた。

外敵への備えもある。

次男坊の弟が、そういった守備兵として狩り出されはしないかと、兄は案じているようであった。

それもやむを得ないと、東吾自身は考えていた。

先祖代々、徳川家の侍であれば、一朝ことある時には槍をかついで最前線で戦わねばならない。

兄嫁が夕餉《ゆうげ》の膳を運んで来て、そこで兄弟の話は途切れた。

一夜あけて、通之進が奉行所へ出仕して間もなく、神林家の裏門を、長助が遠慮がちに入って来た。

「あいすみません、畝の旦那の使で参りましたんで、若先生にお取り次ぎを願います」

その声を、たまたま庭に下りて、雪囲いの中の菊畑をのぞいていた東吾が聞きつけて、すぐ裏口に出た。

「早いじゃないか。また、雪女郎でも出たのか」

当てずっぽうにいったとたん、長助が叫んだ。

「その雪女郎が、人殺しをしましたんで……」

東吾は長助と一緒に、神林家の裏門をとび出した。

場所は本所の横十間川に架っている柳島橋の近くで、法性寺という寺の裏だという。

流石《さすが》に江戸の町々は、早くから雪かきで道が出来てはいるものの、歩きにくいこと、この上もない。陽の当る場所はぬかるみになっているし、日蔭は凍りついている。

仙台堀のところに、長助の若い者が舟の用意をしていた。

「若先生、ここからは舟のほうがようございます」

頭のてっぺんにまではねを上げた長助が先に舟に乗り込み、東吾も足駄を脱いで舟板を渡った。

小名木《おなぎ》川に出て、横十間川へ漕ぎ入れる。

柳島橋の袂《たもと》には、畝源三郎の小者が待っていた。

「こちらでございます」

舟から下りて、法性寺の塀に沿って南側の空地へ出る。

そこの雪は溶けかけていた。

医者が倒れている男を調べている。その傍に畝源三郎が立っていた。

「身許は、わかったのか」

そっと近づいた東吾に、源三郎がなんともいえない表情をみせた。

「甲州屋の番頭なので……」

今しがた、近くの甲州屋の寮から、主人の太郎左衛門が来て、確認をして行ったという。

「甲州屋の主人は病身なので、風邪でもひかれてはと、一応、寮のほうへ帰っているように申しました」

医者が遺体から離れて源三郎のところへ来た。今のところ、外傷はなく、ただ、口や鼻の中に雪が少々、詰まっているという。窒息死の可能性があると報告した。

死体をみつけたのは、法性寺の寺男で、今朝、塀の上の雪を払っていて、ひょいと下の空地をみると、人が雪の上に倒れているのがみえたので、びっくりして石段を下りて来たという。

法性寺は空地よりも境内が高くなって居り、空地へ向っては裏門があって、石段が十二段ばかりある。

たしかに、塀の上の雪を落していれば、空地のおおよそが見渡せた。

「甲州屋の番頭さんだということは、抱き起した時に、すぐわかりました。あちらの旦那と、うちの和尚さんとは碁《ご》仲間で、よく甲州屋さんから誘いが来てあちらへ出かけます。わしは和尚さんの送り迎えに行くので……」

法性寺の和尚は七十近い老僧であった。甲州屋の主人と、ほぼ同年配である。

「お前が甲州屋の番頭を抱き起した時、番頭の口や鼻に雪が詰まっていたか」

東吾が訊き、寺男はさあという顔をした。

「なにしろ、うつ伏せになっていましたんで、顔中、雪だらけで……」

仰天してしまって、細かなことはなにも見ていないらしい。

甲州屋の番頭、忠兵衛の死体は、長助がつき添って湯灌《ゆかんば》場に運ばれ、そこでもう一度、検屍を受けてから、深川の甲州屋の店へ運ばれる段取りが決った。東吾と源三郎は甲州屋の寮へ向った。

甲州屋の寮は亀戸天満宮と竜眼寺の間にあった。

さして大きくはないが、材木問屋の寮だけに凝った普請をしている。

寮には深川の店から知らせを受けてかけつけて来た、もう一人の番頭の清兵衛というのが、忠兵衛の通夜や葬式について、主人、太郎左衛門の指示を受けていた。

「どうも、とんだことで御厄介をおかけ申します」

東吾と源三郎を迎えた太郎左衛門は、やや落ちつきを取り戻したものの、冴《さ》えない顔色で挨拶をした。

「忠兵衛のことが、まだ夢のようで……」

先刻、源三郎の質問に答えたように、忠兵衛は律義な働き者で、人に怨《うら》みを受けるなどとは到底、思えないと繰り返した。

改めて訊いてみると、変死した忠兵衛は独り者で、今年三十六、嫁とりが世間一般より遅いのは、甲州屋のような大店《おおだな》に奉公している立場ではままあることで、格別、不思議ではないという。

「手前も四十を過ぎてから、所帯を持ちまして、通い奉公になりました」

と、清兵衛がいうように、主人に信用され、帳簿をまかされるほどの番頭は大方、所帯を持つのが遅れ気味のものらしい。

「忠兵衛に女はいなかったのか、岡場所などに馴染の妓は……」

それにも、主人も番頭も否定的であった。

「たまに、誘われて岡場所へ参ることがなかったとは申しませんが、馴染があったとは思えません」

どちらかといえば、女にもてるほうではなく、当人も心得ていて、馬鹿な遊びはしなかったといった。

「忠兵衛は人に怨みを受けて殺されたのではございません。もし、殺されたのなら、それは雪女郎のたたりでございます」

太郎左衛門が慄《ふる》え声でいい出した。

「あれは、藪入りの夜に、雪女郎に出逢ったと申し、逃げ帰って参りました。それからというものは、えらく、雪女郎の噂を気にして居りまして、昨夜も、ここへ参るなり、このような雪の夜には雪女郎が出るかも知れぬなどと申して落ちつきません。そのくせ、手前が泊って行けと申しましたのに、雪が止んだからとそそくさと出て行きまして……」

どう考えても、雪女郎に魅入られたとしか思えないと青ざめて訴えた。

「忠兵衛は、よく、ここへ参っていたのか」

黙って聞いていた東吾が、ぽつんと口をはさんだ。

「はい。手前は三年前に大病を致しまして、その折、娘の聟《むこ》に家業をゆずりましたが、やはり、まかせっきりと申すわけには行かず、大きな取引や、月々の決算は一々、番頭に帳簿をもたせ、なにかと指図をして居りますので……」

忠兵衛は、そのため、月の中、二、三度は柳島村の寮へやって来たという。

「それが、こんなことになりまして……」

太郎左衛門は途方に暮れている。

番頭の清兵衛が、忠兵衛の通夜の準備のために深川へ帰るというので、東吾と源三郎も一緒に外へ出た。

晴天だが、雪の上を渡る風が冷たい。

「忠兵衛が、時折、通っていたという岡場所はどこなんだ」

待たせてあった駕籠《かご》のところへ、清兵衛が歩き出そうとするのに、いきなり東吾が訊いた。

「まさか、お膝元の深川で遊べもしまいが、そう遠くでもあるまい。案外、この近くか」

清兵衛が、はっとしたように、東吾をみた。

「図星なようだな。いつも、上る店は決っているのか」

「手前は存じませんが、おそらく、その時その時だったと思います」

一人の妓に馴染むのは剣呑《けんのん》だというのが、忠兵衛の口癖だったと、清兵衛は打ちあけた。

「本所緑町だな」

「そちらへ参ることが多かったようで……」

柳島村の寮へ出むいた帰りなどに、ちょっと遊んでというのが、ここ二、三年の忠兵衛の気晴しだったらしい。

「成程、深川から柳島村なら、本所緑町は通り道だ」

笑って、東吾は清兵衛をやりすごした。

源三郎と前後して柳島橋の袂から舟に乗る。

「本所緑町の前を通って行ってくれ」

船頭に命じて障子の内に入る。

「緑町の岡場所が、なにか……」

怪訝《けげん》な顔の源三郎に苦笑した。

「忠兵衛が、何故、雪女郎といったかだよ」

一月十六日の夜、雪の中に立っていた女を、

「雪女郎をみた」

といって、柳島村の寮に逃げ帰った。

「当り前なら、雪女をみた、といいそうなもんじゃないか」

「打掛を着て、前帯で……遊女の恰好をしていたからではありませんか」

「その通りさ。おそらく、忠兵衛はあとになって、その女が誰か見当がついたに違いな

い」

「どういうことか、手前にはわかりませんが……」

「俺にも、まだ、すっぱりと納得がいったわけじゃない」

船頭が外から声をかけた。

「若先生、緑町でございますが……」

東吾が障子をずらした。

川に沿って女郎屋が軒を並べている。

ひさご屋、瀬川、万字屋、亀八楼などというところが大見世らしいが、その割に賑わっている様子ではない。

「やっぱり、廓《くるわ》が不景気ってのは本当なんでございますね」

初老の船頭が竿をさしながら、紅灯を見上げて呟《つぶや》いた。

二

東吾は畝源三郎を通して、緑町の女郎屋で柳島村あたりに別宅を持っている店はないかと調べさせたが、その結果は、はかばかしくなかった。

「吉原の大見世と違いまして、緑町あたりの店では、女郎が病気になった時に出養生をさせる寮だの、別宅だのを持っているところはないそうです」

では、抱え主で柳島村の辺に自分の家を持つ者はいないかと訊いたが、そっちのほうも該当者がみつからない。

「どうも、俺の見込み違いのようなんだ」

兄嫁の香苗《かなえ》の供をして、本所の麻生家へ、七重《ななえ》の産んだ赤ん坊の顔をみに行った折、東吾は宗太郎《そうたろう》に愚痴をいった。

宗太郎は、いよいよ父親が板についた感じで、晴れた日には赤ん坊を綿入れの小布団にくるんで、半刻（約一時間）ほど抱いて庭へ出るという。

「外気にあてるのも、赤ん坊を丈夫に育てる秘訣のようなものですよ」

得意そうに説明している父親の腕の中で、赤ん坊はよくねむっていた。小さいなりに鼻筋が通って、ふっくらした頰のあたりがまことに愛らしい。

「父が、歿《なくな》った母に似ていると申しますの」

娘の頃よりおっとりした様子の七重が赤ん坊の肌着を縫いながら幸せそうにいう。

ここでは殺人の話など禁忌だと思いながら、東吾は不粋に、雪女郎の話をした。

「東吾さんは、雪女郎が、緑町の岡場所の妓《せん》だと思ったわけですね」

なんの薬だか、火鉢の上に土瓶をかけて煎じながら、宗太郎がいった。

「緑町の女郎が、なにかで柳島村の近くの別宅に来ていて、それが雪の夜に外にいたのを、忠兵衛が雪女と間違えた」

土瓶の口から立ちのぼる湯気を眺めている東吾に軽く首をひねってみせた。

「雪女は、最初が柳島村、次が押上村、その次が小梅村、そして、もしも、忠兵衛が雪女に殺されたとなると、最後が又、柳島村へ戻ったことになります」

ちょっと遠すぎませんか、と宗太郎が笑った。

「雪女なら、雪の降るところ、どこへでも現われるんでしょうが、人間の女なら、打掛をひきずって、今日は押上村、明日は小梅村というのは遠すぎますよ」

いずれも同じ本所の中だが、距離にしてみるとけっこうある。

「そいつは俺も考えていたんだ。最初、柳島村、それから押上、小梅……」

「だんだん、柳島村から遠くなりますね」

「そのことなんだが、もしも、最初に忠兵衛のみた雪女郎が、なにかの理由で雪の中へとび出した女郎だったとしたら……、それが雪女郎だと世間に噂が立った、つまり、忠兵衛がそういったからなんだがね。もしも、女郎屋のほうに後暗いことがあったら、自分のところの抱えの妓が雪の中にいたといわれるよりも、雪女郎だったという噂のほうで片づけたいだろう」

「でしょうな」

宗太郎がうなずいた。

「女郎を折檻《せっかん》しすぎて、気が可笑《おか》しくなったり、或いは逃げ出したりしたことが世間に知れると、とかく厄介ですから」

奉行所は再三、岡場所の手入れを行っていた。問題のある娼家は容赦なく廃業を命じられる。

「そうすると、押上、小梅と場所が離れて行ったのは、最初に女郎が逃げ出した家をみつけられないためか」

「と考えると、あとの雪女郎は女郎屋のやらせ、ということですよ」

やめて下さい、と、七重が遮った。

「赤ちゃんの前で、なんてお話をなさいますの。女の子は小さい時から美しいものを見せ、美しい話をきかせて育てなければ、心の美しい子に育たないとおっしゃったくせに、お女郎だの、人殺しだの」

宗太郎が慌てて立ち上った。

「東吾さん、ここはいけません、表へ出ましょう」

男二人が居間を逃げ出して玄関へ出る。

「すまなかった、ここから先は自分で考える。七坊にあやまってくれ。どうも、俺は一つことに夢中になると場所柄を考えなくなる」

「それは、わたしも同じですよ」

なにかいい智恵が湧いたら知らせに行くといい、宗太郎は帰って行く東吾に、すまなさそうに手を上げた。

東吾の足は、永代橋から大川端町へ向く。

「宗太郎のところで、七坊にどなられて来たんだ」

炬燵《こたつ》に膝を入れて、東吾がむくれた顔をすると、るいが笑った。

「赤ちゃんの前で、雪女郎の話でもなすったんじゃありませんの」

「どうして、わかった」

「さっき、長助親分が来たんです。雪女郎の一件で、若先生に御迷惑をおかけしているって、お吉《きち》にあやまって行ったそうですよ」

「だからって、どうして……」

赤ん坊の前で捕物の話をして、七重に叱られたのがわかるのか、といいかけて、東吾は笑い出した。

「夫婦ってのは一心同体っていうそうだが、なんでもわかっちまうんだな」

るいが目許を笑わせた。

「ですから、東吾様が緑町なぞへお通いになると、一ぺんで……」

「馬鹿、俺があんなところへ行くか」

ごめん下さいまし、と障子のむこうから声をかけて、嘉助が酒を運んで来た。

「お吉は、お肴の用意をして居りますんで……」

宿屋にとっては、ちょうど中休みの時刻で、板前が髪結いに出かけているという。

「かまわなくっていいんだ。寒さしのぎにこいつがありゃあ……」

嘉助にも盃を持たせ、東吾が自分で酌をしてやった。

「長助親分から聞きましたが、正月早々、甲州屋の番頭がとんだことだったそうで……」

「雪女郎の人殺しなんぞと瓦版が出たらしいな」

「なんで、殺されたんでしょう」

酒のつまみを持って来たお吉があとから仲間に加わった。

「甲州屋の旦那の話だと、忠兵衛は格別、雪女郎に関心があったらしい。それが命取りになったのではないかと、俺は考えているんだが……」

「世の中が不穏のせいでございましょうか」

嘉助が盃を東吾へ返して酌をした。

「吉原はもとより、岡場所はどこも火が消えたようだと申します。そういう時、抱え主はとかく妓にむごく当るものだそうで、客の少い妓は犬猫同様の扱いを受けると聞いて居ります」

好きで女郎になる者がないとはいえないが、大方は金のために身売りをして来た若い女で、

「抱え主の悪いのにかかったら、一生が地獄でございましょう」

むかし、捕方《とりかた》をしていた時代に、よくそういった話を耳にしたものだと、嘉助はいった。

「でも、なかにはいいお客がついて、身請けをされて左団扇《ひだりうちわ》で暮せる人もあるんでしょうから……」

といったのはお吉で、

「どこそこのお内儀さんは、以前、吉原でお職《しょく》を張っていたなんてことを、時折、聞き

ますよ」

「そんなのは、ほんのひとつまみ、百人に一人、千人に一人の幸せ者だよ。滅多にある話じゃない」

嘉助に軽く片付けられた。

「大体、ああいうところへ遊びに来る客は長続きがしないものでね。仮に一人の妓に熱くなっても、やがて足が遠くなる。客によっては、決して一人の妓のところへ、二度とは通わないというのも居りまして……」

「忠兵衛がそうだったらしいよ」

東吾が話を戻した。

「同じ妓のところへ続けて通うと、情が移って深い仲になるからと、もう一人の番頭が話していたが……」

それが詮議を厄介にしている。

「そういうお人は、その岡場所の出来事に、くわしいものでございます。つまり、いろいろな店に登楼いたしますので……、ああいうところは、同じ店で妓を変えると、とかく妓同士の争いが起ります。で、自然、あっちこっちと店を変えて遊ぶようになりまして……」

いわゆる、岡場所の消息通になるのだと嘉助がいい、

「うちの番頭さんも、昔はさだめし、その消息通ってのだったんじゃありませんかね。

人はみかけによらないっていいますから……」

お吉に茶化された。

翌日、東吾は又、永代橋を渡って深川の長寿庵へ出かけた。

長助は近所の髪床へ髭《ひげ》をあたりに行っているというので待っていると、やがて、てかてかした顔で帰って来た。

「めかしに行ったわけじゃございませんで、岡場所の話は、ああいう野郎ばっかりが集るところで訊くのがてっとり早いと思いまして……」

甲州屋の番頭、忠兵衛が時折、緑町で遊んでいたのを、深川っ子は、けっこう知っていたという。

「店のほうでも、月に一、二度、別に大散財をする客じゃありませんが、客同士の口から、あれは甲州屋の番頭だと身許が知れまして、それなら客筋としては悪くない、むしろ、一人の妓にこって、店の金を使い込んだりする客よりも、忠兵衛のように遊びと割り切っているほうが、店でも安心でございます」

で、遣り手《やて》と仲よくなって、いい妓を廻してもらったり、帳場で世間話をしたり、結構、緑町ではいい顔だったようだと、長助は話した。

「忠兵衛が、比較的、よく通っていた店は、万字屋と瀬川、それに市松楼という小見世のようで、若い連中に、その三軒を調べさせて居ります」

自分は、これから小梅のほうの知り合いへ行って、緑町の岡場所にかかわり合いのある者が近くに住んでいないか訊いてみるつもりだという長助について、なんとなく、東吾も外へ出た。

今日も好天で、雪はすっかり消えている。

万年橋を渡って本所へ入り、竪川《たてかわ》沿いに一之橋、二之橋、三之橋と行く。

緑町の岡場所は、二之橋と三之橋の間で、流石に昼間だから、どこもひっそりしている。

川っぷちには洗濯物の干場があって、場所柄、女物の肌着や腰巻が風にはためいている中に、赤ん坊の襁褓《むつき》なども並んでいる。

で、東吾は気がついたのだったが、三之橋の袂で遊んでいる子供の背中には申し合せたように赤ん坊がくくりつけられていて、なかにはぴいぴい泣いている赤ん坊に一向、頓着せず、石けりに夢中になっているのもいた。

「あの連中は、岡場所の子供なのか」

長助に訊いてみると、まあ大体がそうだろうという返事であった。

「女郎でも子供が出来ますんで、この節はお上がやかましいんで、産婆もあまり堕《おろ》し薬を出したがらねえ。いろいろ方法はあるようですが、下手なことをして妓に死なれちゃ元も子もねえってんで、産ませる抱え主も少くねえそうです」

いい客のついている妓は、それなりに店を休んで子供を産み、身請けはされないまでも客が或る程度の金を出すから、抱え主も大事にしてくれるが、そうでもないと早急に店へ戻されて稼がされる。

「産んだ子は、女で器量がいいと、さきゆき金になるってんで、楼主が面倒をみるそうでして……」

どっちにしても、生まれながらに、いい星の下とはいいがたい。

北辻橋のところから、今度は横川沿いに小梅村へたどりついた。

長助の知り合いというのは、小梅村の大百姓で、

「さあ、この辺りに住むのは、みんな親代々の百姓でございまして……」

隣の押上村には、何軒か商家の別宅があるが、いずれも日本橋のれっきとした老舗《しにせ》で、

「岡場所にかかわり合いのあるというのは、聞いたことがございません」

という返事であった。

「若先生に、御足労頂きましたのに……」

収穫のなかったことを、長助は恐縮したが、

「なに、俺がつまらねえことをいい出したばっかりに、長助の手間をとらせているんだ」

おたがいにいたわり合って、野の道をひっ返した。

途中、横川と横十間川を結んでいる掘割に出た。

堀のむこうに墓地がみえる。野っ原の墓地であった。

そこに女が一人、線香をあげている。女の傍にはあまり人相のいいとはいえない男が

墓石に尻をのせて煙管《きせる》をふかしていたが、堀をへだてて、こっちをみている東吾と長助に気づくと、急に煙管をしまい、女をせき立てて逃げるように墓地を出て行く。

可笑しいと、東吾も長助もぴんと来た。

どうみても、脛《すね》に傷持つ者の行動である。

「若先生、とっつかまえてみますか」

「そうだな」

うなずき合ったものの、間には掘割がある。到底、跳んで渡れる幅ではなし、あいにく、橋がなかった。

掘割の突き当りの横十間川にも橋がない。

やむなく、二人はあともどりをして小梅村を抜け、業平橋まで出て、横川を向う側に渡って、更に川沿いを法恩寺橋まで走って、漸《ようや》く、掘割の反対側にあった墓地のところへ出て来た。

無論、男女の姿はない。

墓地へ入って、東吾はさっき、女が合掌していたあたりを探した。

そこに、小さな白木の墓があった。

正面に南無阿弥陀仏、裏に、梅吉、享年一歳、脇には、施主、さよ、と書いてある。

その墓地は本法寺という寺のものであった。

長助が本法寺へ行き、墓のことを訊いた。

住職の口が重かったが、東吾が顔を出すと仕方なさそうに、緑町の「瀬川」の楼主の口ききで建てた墓だと白状した。

「なんでも、瀬川の旦那の遠縁の者が、赤ん坊をなくして、葬る場所に困っているのでと聞きましたが……」

寺としては、厄介に巻き込まれたくないといった口ぶりである。

「瀬川というのは、忠兵衛が登楼していた店の一つだよ」

深川へ戻りながら、東吾がいい、

「早速、洗ってみます。叩《たた》けば埃《ほこり》が出るかも知れません」

長助が勇み立った。

そして二日、

「どうも、しぶとい連中ばかりで手古ずりましたが……」

本法寺の墓地にいたのは「瀬川」の用心棒で、要助という渡り仲間《ちゅうげん》崩れで、連れの女は、

「小夜衣《さよぎぬ》という名で店に出ている妓でございました」

楼主は最初、小夜衣には御家人で松田新七郎という客がついていて、二人の間には梅吉という男児まで生まれたが、新七郎が急に京へ出かけ、その後、ふっつりと音信もなくなった。

「いろいろ訊いている中に、梅吉という子が死んだのが、一月十六日とわかりましたの

で、これは、ひょっとするとという気になりましてね。忠兵衛殺しは要助の仕業だろうとかまをかけましたら、楼主があっさり落ちました」

もう一つ、長助の調べで「瀬川」の遣り手のお浜の実家が柳島村の百姓で、小夜衣の子供の梅吉はそこに里子に出されていたことが明らかになったのも、詮議を早くした。

「素人でございますから、こちらはすぐに恐れ入ってしまいまして、十六日に梅吉が死んだことも、知らせを受けてとんで来た小夜衣が逆上して雪の中へとび出したりしたこともべらべら喋《しゃべ》ってしまいましたんで……」

梅吉は風邪をこじらせていたが、ろくに医者にも診《み》せないでおいたところ、急に容態がおかしくなって息が絶えてしまった。

「なにしろ、瀬川のほうからは、食い扶持一つ、送って参りませんで……ごらんのような水呑百姓の暮しでございますから……」

医者どころのさわぎではないとお浜の息子夫婦は弁解した。

楼主は楼主で、

「不景気で、小夜衣の稼ぎも少いので……」

といったが、小夜衣の申し立てによると、毎夜、少くとも二、三人の客をとらされていた。

「梅吉に金がかかるといわれていましたから、嫌なお客も夢中でつとめました」

「瀬川」では一番の稼ぎ頭だったようだ。

ともあれ、そこまでは、岡場所によくある話だが、問題は、子供の急死に半狂乱になって雪の中をさまよっていた小夜衣を、忠兵衛が「雪女郎」と錯覚してしまったことだ。

「雪女郎」の噂は、「瀬川」にとって幸いであった。

小夜衣に荒稼ぎをさせて、その子供には全く仕送りもしていなかったということが、世間へばれるのは具合が悪い。まして、小夜衣が子供の死で気がおかしくなったと知れては、彼女に客がつかなくなる。

だから、忠兵衛があの夜、みたのは、雪女郎にしておきたかったので、念押しのため、次の雪の夜に、もう一度、雪女郎をみせることにした。

たまたま、要助が堀丹波守の下屋敷の御開帳のことを知っていたので、そこへ集る客が帰りは北十間川を舟で行くと承知していて、舟からみえる押上村の原に、雪女郎を仕掛けた。

「最初、忠兵衛がみた雪女郎は、小夜衣ですが、押上村の奴は、遣り手のお浜の化けたものだったそうです」

これが首尾よく成功したので、気をよくして、翌晩、もう一度、小梅村で同じことをやり、真盛寺の住職を目撃者にした。

「これも、勿論、要助が、その晩、通夜で真盛寺の住職が出かけるのを知って、お浜にやらせたものです」

雪女郎の出現する場所が、柳島村から押上、小梅と遠くなって、なんとか小夜衣に疑

いがかからなくなったと安心したのも束の間、

「忠兵衛が、どうもおかしいと思い出したんですな」

最初は仰天して、雪女郎だといったものの、よくよく考えてみると、目撃した女に見憶えがある。

「忠兵衛は、小夜衣の客になったことはないが、前から目をつけていて、遣り手に、いつかと頼んでいたそうです」

おまけに、小夜衣には松田新七郎という男がいて、子供までなした仲と知っていた。

で、気になって、遊び仲間にそれとなく訊ねてみると、一月十六日に、小夜衣の子が死んだようだということが伝わって来た。

「忠兵衛は好奇心の強い男だったので、雪女郎の正体を突きとめたくなったものでしょうか」

第二、第三の雪女郎の噂を聞いて、いよいよ可笑しいと思い、押上村や小梅村を歩き廻っている中に、例の墓地の新墓をみつけた。

「勘のいい忠兵衛は、墓標にあった、施主、さよ、を、小夜衣ではないかと思ったようです」

この前の雪の夜、店の帳簿を持って柳島村の甲州屋の寮へ来た忠兵衛は、その帰りに緑町へ寄った。

「最初から、そのつもりだったようで、まず、お浜を呼び出して、雪女郎の件について自分は真相を知っているようなことをいい、小夜衣をとりもってくれと頼んだようです。仰天したお浜は、すぐにそのことを要助に知らせる。要助は乱暴な奴ですから、邪魔者は片付けろとばかり忠兵衛に、小夜衣は柳島村のお浜の実家にいるからと案内がてら忠兵衛を誘い出し、人目のない雪の原で、彼に襲いかかり、首を締めて失心させ、雪の中へ顔を突っ込んで押えつけている中に、忠兵衛は息がつまって死んでしまった。口や鼻に雪を詰めたのは、雪女郎にやられたと思わせるつもりだったといいますから、要助という奴、なかなか芝居気たっぷりで……」

真相が知れてしまうと、単純な犯罪だが、

「やっぱり、東吾さんの見込み通りでした」

一件落着した源三郎は、ほっとしている。

「どうも、この先、雪が降るたびに、本所のおえら方から嫌味をいわれるのでは、かないませんからね」

本所は新開地で、旗本、御家人の屋敷が多く、なにかあると、すぐに奉行所へ苦情が廻って来る。

要助は人殺しの罪で獄門になり、「瀬川」は娼家としての営業を御停止《ごちょうじ》になった。

そして、小夜衣は畝源三郎のはからいで、娼妓の年季が終ったことになり、自由の身になった。

だが、改めて調べてみると、御家人、松田新七郎は京で病死していることがわかり、家は相続人がないとの理由で取り潰されていた。

「なにせ、借金だらけで内情は火の車、親類もおそれをなして、無理に小細工をしてまで相続人を作ろうとはしなかったようだ」

とりあえず、大川端の「かわせみ」に身を寄せていた小夜衣、今は、おさよになったのに、東吾は源三郎に聞いたままを、伝えた。

「皮肉なものだなあ」

もし、梅吉が生きていれば、たとい借金だらけでも、百五十石取りの御直参の若君ということになる。

「無理ですよ」

おさよが寂しげに笑った。

「あの子に、そんな運はありゃあしません」

仮に新七郎が病死しなかったとしても、自分との縁はとっくに切れていたという。

「京へ発つ前に、あの人から文が来たんです。あたしは字が読めませんから、旦那に読んでもらったんですけれど、京へ行くから、もう、なにもしてやれないって……、でも、ずっとあとで仲間の妓から聞きました。十両のお金が手切金として来たんだって……でも、どうしようもありません。よけいなことをいえば、折檻されるだけですから……」

白粉《おしろい》やけの目立つ顔で、おさよは淡々と話した。人間の感情をどこかにおき忘れたようで、源三郎や東吾の親切に礼をいう気もないらしい。

「これから、どうする……」

長助が、彼女の客だった深川っ子の間を走り廻って、いくらかの餞別を工面して来た。

「故郷《くに》へ帰ります」

親の病気で身売りをしたが、その親はもう死んでしまって、弟が一人、漁師をしているといった。

「どうせ、まともに嫁にいける体じゃありませんから……」

投げやりにいって、ふっと涙ぐんだ。

行徳まで一緒に行ける連れを、長助がみつけて来て、おさよが江戸を発った日、夕方から、また白いものが舞い落ちて来た。

別に誘い合せたわけでもないのに、東吾が深川の長寿庵へ行ってみると、畝源三郎がいて、珍しく一人で酒を飲んでいた。

「雪女郎は、どこまで行ったかな」

さしむかいに腰を下し、東吾は源三郎が眺めているのと同じ窓をみた。

障子がほんの僅か開けてある。そこから、白い、小さな雪が音もなく散りこぼれて。

「どうも、今年は滅法《めっぽう》、雪が多うございます」

長助が熱燗の徳利を運んで来た。

浅草天文台《あさくさてんもんだい》の怪《かい》

一

二月になって、江戸は急に暖かくなった。

昼は晴れて、夜半に一雨来るといった何日かが続いて、そのあとはまた一段とうららかな日和となる。

正直なもので、陽気がよくなると盛り場にも人が出て、それらを相手に物売り、呼び込みの声もぐんと威勢がよくなった。

殊に評判になっているのが、両国、回向院《えこういん》の御開帳で、それも河内国古市郡の壺井八幡宮の出開帳《でがいちょう》というのが珍しいと人気を呼んでいる。

「どうも、ちっとばかし合点が参りませんで、一遍、若先生にお伺い申してみてえと思って居りましたんですが……」

大川へむいた「かわせみ」のるいの居間は陽当りがよくて、今日のような、そよとも風のない午下《ひるさが》りは、縁側にすわっているだけで居眠りが出そうになる。

のんびりと釣竿の手入れをしている東吾の隣へ腰を下した深川、長寿庵の長助が子細らしく小首をひねって話し出した。

「楠木正成って人のことなんでございますが、あっしは難しいことは知りませんが、講釈で聞いたところによると、大層な忠臣なんだそうで、兵庫の湊川で討死をしたんだといいますが……」

東吾が返事をする前に、お茶と団子を運んで来たお吉が即座に反応した。

「正成公なら、あたしだって知ってますよ。何万っていう敵を相手にして、最後は弟の正季って人とさし違えて死ぬ時に、七度までも生まれかわって敵を滅ぼそうって……あたしはいつも、そこんとこを聞くと涙が出て仕様がないんですけどね」

「お吉も講釈なんぞ聞きに行くのか」

竿の撓《しな》い具合に満足しながら東吾が訊いた。

「寒い中《うち》は出かけませんけど、春長《はるなが》になったら、番頭さんを誘って、広小路の講釈場へ行きたいと思ってるんですよ。あそこはいい講釈師がそろってますから……」

「その両国の広小路なんですが……」

長助が慌てて話を押し戻した。

「ここんとこ、大層な人出でございまして、それというのが回向院の出開帳なんで……」

「聞きましたよ、立派な御霊宝が並んでいるんですってね。楠木正成公のお召しなすった鎧《よろい》だの兜《かぶと》だの」

「そのことなんでございますが……」

片手でお吉のお喋りを封じるような恰好で、長助が東吾へ向き直った。

「兵庫国で討死なすった人の着ていた鎧だの兜だのを、誰がいってえ生まれ故郷の河内国まで運んだんでござんしょう」

「そりゃあ御家来衆が……」

とお吉。

「ですが、講釈によると一族郎等ことごとく枕を並べて死んじまったってことでして……第一、講釈師のせりふによりますと、正成公は獅子奮迅の働きをしたあげくに死になすったそうで、つまりはさんざんに敵を斬ったわけで、さぞかし、鎧も兜も血まみれになってたと思うんですが……」

漸く、東吾は長助のいいたいことに気がついた。

「御開帳の正成公の鎧兜には血がついていなかった。つまり、新品のぴかぴかだってことか、親分」

「ぴかぴかってほどじゃございませんが、きれいさっぱりとしたもんでして、血の痕《あと》どころか、刀傷だってついてやしません」

「そりゃあ多分、頼朝公の三歳の髑髏《しゃれこうべ》の類《たぐい》だろうよ」

「なんでございます。頼朝公の三歳の髑髏って……」

大真面目にお吉が訊く。

東吾が苦笑した。

「小咄《こばなし》だよ。回向院の御開帳に頼朝公……頼朝ってのは知ってるだろうな」

「九郎判官義経さんの兄さんでしょう。いけすかない人ったらありゃしませんよ、忠義者の弟を殺しちゃったんだから……」

「その頼朝の曝首《さらしくび》……頭の骸骨が御開帳の霊宝に並んだんだ。そいつがあんまり小さいんで見物人が可笑《おか》しくないかと説明の坊主に訊いたら、そいつは頼朝公三歳の時の髑髏だとぬかしやがったって……」

お吉がきょとんとした。

「それが、どうだっていうんですか」

「よせやい、髑髏ってのは人が死んで出来るんだろうが。頼朝公が三歳で髑髏になっちまったら、そのあとの頼朝公はどうなるんだ」

「そりゃまあそうですけど……」

なんとなくわかったような、わからないようなお吉をいい加減にしておいて、東吾は長助にいった。

「まず、この節の御開帳なんてもんは、それを飯の種にしている開帳師があって、人よせのためにいい加減な霊宝をでっち上げる。おそらく、その河内の八幡宮の正成公の鎧兜ってのも、どこからか工面して来た偽物に決っているさ」

長助も待っていたようにうなずいた。

「あっしも、おそらくそうだろうと睨《にら》んだんで……ですが、お寺社がよく、あんないかさまを放っておくもんですね」

「まあ、諸国の寺や神社は大方が貧乏だ。本堂や玉垣の修理も出来ねえで困っているところが、江戸へ出開帳をすれば、それなりに見物の人が来て賽銭《さいせん》が集る。お寺社もそこら辺のところがわかっているから、大目にみているんじゃないのかね」

お寺社とは寺社奉行のことで、寺や神社はそちらの管轄だが、とかく町方とは揉《も》め事が多く、長助もあまりいい感じを持っていない。

賊を寺の境内へ追い込んだが、寺社奉行所のほうから今一つ、積極的に協力してくれなかったばかりに取り逃がしたといった苦い経験があるせいでもあった。

「かわせみ」でそんな話をして八丁堀の屋敷へ戻って来ると、居間に鎧櫃《よろいびつ》が出ていた。

奉行所から戻って来たばかりらしい兄の通之進が用人に命じて、中の鎧を取り出させている。

「ものものしいですな」

神林家では平素、父祖伝来の武具を床の間に飾ったりということをしないので、これも蔵の奥にしまってあったものに違いない。

「なにが始まるのですか。まさか、台所が苦しいので、鎧を質入れするというのではありますまいね」

重そうな鎧に兜まで出て来たので、つい、東吾は冗談をいった。

「そういう不心得者が多いと聞いたので、念のため、蔵から出してみたのだ。俺の知らぬ中に、お前が売りとばしていたというのでは御先祖に申しわけが立たぬ」

「お奉行所で、そういうお話があったそうですよ」

通之進の着替えを片付けていた兄嫁の香苗がいった。

「お上が武術を御奨励になったので、お旗本や御家人衆は、皆様、父祖伝来のお道具類を蔵から出し、おたがいに御自慢なさるのが流行《はや》っているのですって」

直参の家には大抵、秘蔵の武具があって、泰平の世では無用の長物だが、近頃、世の中が不穏になって来ると、又、それらを取り出して埃を払い、ついでに先祖の武勲を偲《しの》んだり、吹聴したりする風潮が出て来た。

「ところが、折角、蔵から鎧櫃を取り出してみたところ、中が空《から》になっていたというのが、けっこうあったそうな」

通之進が眉を寄せるようにし、東吾がうなずいた。

「それはあるでしょうな」

御家人はもとより、旗本でも役職につかない限り、父祖代々の三百石、四百石といった扶持米で生活をたてなければならない。物の価は年々、高騰し、物入りも増えているのに、収入のほうは何百年も変っていないのだから、武士の暮しむきは決して楽ではなかった。

背に腹は代えられなくて先祖の武具を売り払ったというのはまだしも、遊蕩の金に困ってといった不届者も少くはない。

大体、どこそこの家にはどんな鎧があったの、何某の時、将軍家から拝領した兜があるなどというのは仲間内では知れ渡っているので、この節のように、

「是非、そのお宝を拝見したい」

などと申し入れがあって、実際、家宝のそれが紛失したり、質入れしてあったりするとてんやわんやのさわぎになる。

「成程、それで兄上も我が家の秘蔵の鎧を改められたのですか」

東吾が笑いながら、

「しかし、この御時世にこんなものを着て戦場へ出るようになったら、もう、おしまいですね。敵の傍へたどりつかない中に、流れ玉に当ってめでたくあの世行きですよ」

本来、身を守るための武術は、大量の殺し合いになる鉄砲、大砲の時代には用をなさない。

「怖しい世の中にならなければよろしゅうございますが……」

香苗がいったのをきっかけに、通之進は鎧櫃の傍を離れた。

神林家伝来の武具は二日ばかり虫干しをして、再び、蔵の中へ収《しま》われた。

二

狸穴《まみあな》の方月館へ出かけていた東吾が八丁堀へ戻って来ると早速、畝源三郎がやって来た。

「近頃、馬鹿馬鹿しい話ですが、回向院の境内に武者《むしゃ》の幽霊が出るそうですよ」

「随分と気の早い幽霊じゃないか」

お化けの季節は夏と相場が決っている。

二月であった。

「夏に鎧なんぞ着たら暑くてかなわんでしょう」

「鎧を着ているのか」

「正成公の御具足、鎧をつけて太刀を佩《は》き、と瓦版は書いていますが……」

「正成公の幽霊ってわけか」

「寺では御霊宝に異常はないといっています」

東吾が悪戯っぽい顔をした。

「行ってみるか、源さん」

「いいですが、凄い人出ですよ。なにしろ正成公の幽霊が夜な夜な、鎧を着て歩き廻るという噂が立ったものですから……」

「寺の坊主の人寄せの口実かな」

「寺では、むしろ困っているそうです。噂が評判になって、お寺社のお調べがあるような話でして……」

「調べられると、正成公の鎧なんてのが、とんだ偽物とばれるからか」

「ま、そんな所でしょう」

八丁堀を出て、今日も天気は良く、抜けるような青空の下を、永代橋、新大橋と大川をさかのぼって両国橋の近くで猪牙《ちょき》を下りる。

案内役は長助だったが、両国の広小路へ来ると、あっけにとられて立ちすくんだ。

もともと、江戸に数多くある広小路の中でも、とりわけ人出の多いことで知られている両国橋の東西の広小路だが、押すな押すなの雑踏で、これでは橋が落ちると、橋番が声をからして人の整理をしている。

東吾達の一行は回向院側へ舟から上ったので、橋を渡る必要はないが、突き当りの回向院へ行くまでの道の両側は小屋がけの芝居や歌祭文《うたざいもん》、南京あやつりが並び、その間に玉子焼だのわらび餅、よねまんじゅう、辻売りの蒲焼などに集る人、浮世絵売りだ、軽業だ、講釈師だ、茶店だと、どこもかしこも人が鈴成りになっている。

「東吾さん、買い食いは帰りにして下さい」

「長助、掏摸《すり》に気をつけろ」

と源三郎が死物狂いに先導をして漸く回向院の境内に入ったが、そこも行列であった。

「霊宝は左へ左へ。これは楠木正成公所持の脇差に太刀、鎧兜にござります」

白衣に浅黄の袴をつけた案内人が塩辛声を上げているのを、東吾は行列の尾について見物した。

鎧や具足類は古ぼけているが、そう年代物ではなく、せいぜい雑兵《ぞうひょう》が身につける程度の代物だが、兜はなかなか立派で前立《まえだて》には龍の飾りがついている。

その他に馬具や槍、旗指物など、どうみてもこれが建武の時代に使われたとは信じられないようなのが、もったいらしく陳列されているのを見物人がぞろぞろと眺めて通る。

東吾はざっとみてから、先程、霊宝は左へ左へと群衆を誘導していた神主らしい一人へ近づいて声をかけた。

「夜な夜な、出て来る武者の幽霊というのは、あそこにある鎧兜を着て来るのか」

髭の剃り跡の濃い、その男は不快そうに顔をしかめた。

「左様なことはござりませぬ」

「しかし、瓦版じゃ、そういうふうに書いてあったぜ」

「まことにもって迷惑至極にござる。こちらの霊宝は夕方、六ツ（午後六時）の鐘と同時に入口に錠を下し、誰も入れぬように致します」

その上、不寝番《ねずのばん》もつくし、

「奇怪な噂が立ってからは、手前もここに寝泊りをして居りますが、霊宝になんの異常もございません」

「とはいえ、幽霊が相手じゃ、いくら錠を下したって、すいすいと入って来るだろう」

相手が真っ赤になった。

「手前は一晩中、目を皿にして霊宝を見張って居る。鎧も兜も宙を飛ぶこともござらぬ」

「成程」

表へ廻って、待っていた源三郎と長助の傍へ行った。

「おい、武者の幽霊をみたって奴は、どこの誰なんだ」

「回向院の坊主と寺男がみたそうでして……」

長助が指を折った。

「その他には広小路の掛け小屋の木戸番と下座《げざ》の三味線弾き、まだ何人か居りますが……」

「それだけいりゃあ充分だ」

まず回向院から始めようと東吾は先に立って方丈へ行った。

本堂は開帳でごった返しているが、方丈はそれほどでもない。

回向院は正式には諸宗山無縁寺回向院といって、明暦の大火の焼死者の無縁仏を供養するために建立されたので、無宗派であった。

従って宗旨にこだわらないから日本全国、どこの寺社でも、回向院で出開帳が出来る。一開帳とは、本来、その寺や神社の秘仏を平素は堂内に収めて参拝を許さないのを、一定の期間、帳をかかげて信者の礼拝を許すものだが、当然、その期間は参拝者が多くなり奉納金や賽銭のあがりが増える。

それを、人の多い江戸へ持って来てやれば、更に莫大な収益をあげることが出来るというので、地方の有名な寺が、江戸の寺の本堂を借りて出開帳というのを行うようになり、中でも回向院は無宗旨ということ、場所柄が人を集めるのに適していることなどから、江戸でもっとも出開帳の多い寺ということになった。

無宗旨であっても寺には違いないので、本来、町方は支配違いだが、別段、犯罪があったというわけではなく、ただ、幽霊をみたという話を聞くだけなので、納所《なっしょ》坊主もうるさいことはいわず、裏の井戸端の辺りで待っているようにといわれて三人がそこで一かたまりになっていると、やがて、まだ若い僧と五十がらみの寺男がやって来た。

若いほうは良順といい、寺男の名は、

「吉助と申します」

と各々に名乗った。

「武者の幽霊をみたのは、いつなんだ」

東吾に訊かれて、ちょっと二人して顔を見合せた。

「そのことにつきましては、伊之助さんのほうから、えらく叱言《こごと》をいわれまして……」

伊之助というのは、壺井八幡宮の開帳を請負った開帳師だといった。

「手前共が、まるで、でたらめを申したようにいわれまして……」

「でたらめじゃないんだろう」

と東吾。

「神仏にかけて嘘ではございません」

壺井八幡宮の出開帳は二月十日から始まったのだが、

「十二日の夜でございました」

両国橋のむこう、浅草御門の近くの千歳屋という薬種問屋の隠居が歿《なくな》って、回向院にとっては檀家ではないが、日頃、なにかにつけて奉納金をもらっているので、住職がくやみに行かねばならないところだが、先方の菩提《ぼだい》寺の住職と、以前、少々の揉め事があり、どうも顔を合せるのは具合が悪いので、風邪でやすんでいるということにし、代りに良順が通夜に行くことになった。

で、供には寺男の吉助がついて、宵の中に千歳屋へ出かけ、通夜の読経がすむのを待って焼香させてもらい、奥で番頭や手代から供養のもてなしを受けた。

良順は若くて食い気一方だが、吉助のほうは酒が強く、つい遅くなって、

「あれは、もう亥《い》の刻（午後十時）を廻って居りましたか」

幸い、千歳屋から回向院へ帰るのには、町木戸がないから締め出しをくわされる心配はないものの、流石《さすが》に慌てて両国橋を渡った。

「ちょうど広小路から、こちらの門前にかかるところでがしゃんがしゃんというような変な音が致します」

吉助が提灯の灯ですかしてみると、石段の上に武者がいる。

「鎧と兜が宙に浮いたような感じでございまして……びっくりして提灯を取り落しました」

まっ暗な中を這《は》うようにして方丈へ逃げ帰り、

「ふりむいてみますと、もう、どこにも武者の姿はみえません。暫くはぼんやりしてしまいまして、その中に、ひょっとして本堂の正成公の甲冑《かっちゅう》が盗まれたのではないかと良順さんがいい出しまして、慌てて、本堂へ参りました」

壺井八幡宮の霊宝の正成公の鎧や兜には別状がなく、ほっとはしたものの、それでは、先刻の武者はいったい、なんだったのだろうかと思うと、急に怖しくなって方丈へ戻って布団をかぶって寝てしまったという。

「ですが、どう考えても、武者が着ていたのは正成公の甲冑なので、もしかすると正成公の怨霊が鎧や兜をつけて、ふらふらと境内にさまよい出たんじゃないかと……馬鹿馬鹿しいとおっしゃるかも知れませんが、そうとしか思えませんので……」

吉助と良順が口々に訴えるのを聞いていた東吾が、

「どうして、境内にいた武者の着ていたのが正成公の甲冑だとわかるんだ」

と訊ねた。

「そいつはすぐにわかります」

というのが吉助の返事であった。

「開帳になって居ります正成公の兜は正面のところに大きな龍の飾りがついて居ります

んで……手前共がみた武者の幽霊がかぶっていた兜も、龍の飾りが前側にあって……あ
あいう兜はそう滅多にあるものじゃございますまい」
たしかに、その兜は東吾も先刻みて、これはこれはと印象に残った名品である。
「話はよくわかった。開帳師がなにをいってもとり合わぬほうがいい。開帳になにがあ
ってもそれは回向院に責任はないのだから」
東吾にいわれて、良順と吉助は安心したようにお辞儀をした。
次に訪ねたのは広小路の芝居小屋であった。
武者の幽霊をみたという木戸番の佐七と三味線弾きの吉五郎は最初、口が重かったが、
「そうか、お前達、猫を買いに出かけた帰りだったんだな」
と東吾にすっぱぬかれてからは、急に神妙になった。
猫というのは、回向院前の岡場所のことで、ここの娼妓は俗に金猫・銀猫と呼ばれて
いるからであった。
佐七と吉五郎はその岡場所へ遊びに行って深更に芝居小屋へ帰る途中、武者の幽霊を
みた。
「この十五日のことで……場所は回向院から広小路へ出る石段の脇でして……」
やっぱり、がしゃんがしゃんという音がするので暗い中を目をこらしてみると、
「武者の恰好をしたのが、ぬっと立っていまして……」
鎧のほうはよくみえなかったが、

「兜が、月の光に輝いてみえまして……龍の飾りが光っていたんです」

その時は、どこかでみたようなと思い、あとになって、正成公の霊宝の兜じゃなかったかと気がついて、翌日、回向院へたしかめに行った。

「なにしろ、あの開帳が始まってからすぐに見物に行きまして、流石、正成公の兜だけあって、たいしたものだと、目の中にこびりついていましたんで……」

武者の幽霊をみてから、もう一度、本堂へ出かけて行って、

「間違いねえ、昨夜みたのは、この兜に相違ねえと二人でいい合いました」

で、その話を知り合いの戯作者《げさく》に話したところ、早速、瓦版が出て大変なさわぎになった。

「ですが、気味が悪くって、あれっきり夜は外に出ませんで……」

芝居のほうも大入りで、思わぬ金が手に入ったのに、妓に会いに行くことも出来ないと、しょげている。

三

長助が持って来た瓦版は、いささか派手であった。

草木もねむる丑《うし》三ツ時（午前二時）、回向院の境内に、法螺貝、鬨《とき》の声が聞え、やがて打物の音がひとしきり、やがて、どこからともなく血なまぐさい風が吹いて来ると、がしゃんがしゃんと草摺《くさず》りの音が響いて来て、正成公の怨霊が姿を現わす。

眼《まなこ》は鬼ほおずきの如く赤く、眼尻は裂け、おどろおどろの髪は蛇のように、その御顔にまつわりつく。頭に戴く兜は、楠木家累代の重宝にて、前立には黄金の龍が折からの月光に燦然《さんぜん》と輝いて、これを見る人の目を射通す。

といった具合に面白可笑しく記したあげく、

「さればこそ、その龍の飾りのつきし兜こそは、今、回向院にて開帳の楠木正成公の霊宝、これなり。もしも、これを疑わんむきは、直ちに回向院へ至りて、霊宝をおがみ給え。必ずや七生を誓いし正成公の怨念、総身におぞけをふるって、百雷に打たれたる如くなるべし」

と結んである。

「全くどうも、戯作者ってのは大袈裟《おおげさ》なことを書くもんで……」

東吾の手許の瓦版をのぞき込んで、長助が鼻の上に皺《しわ》を寄せた。

芝居小屋で佐七と吉五郎の話を聞いたあと広小路の茶店に入って一服し、東吾は団子を一皿もらって食べている。

「まあ不人気な御開帳の場合、評判になるために一芝居打つということはありましょうが、今度の場合は正成公の鎧や兜が話の種になって最初から人が押しかけたといいますから、下手な細工をする必要もなく、むしろ、幽霊さわぎがきっかけになって、お寺社のほうから、霊宝の真偽を改めるという話が出て、開帳師のほうは困っている有様です」

それは、今日、東吾がみた本堂での、神主の応対でもよくわかった。

少くとも、主催者側に今回の幽霊さわぎは迷惑でしかない。

「とすると、回向院の開帳の大繁昌をねたむ者の仕業か」

江戸で出開帳の場所を提供するのは回向院だけではない。

身延山久遠《くおんじ》寺の祖師像の出開帳は同宗の浄心寺だし、下総の成田不動は深川の永代寺と決っている。

「まさか、他の寺のいやがらせとも思えませんが……」

茶店の縁台でそんな話をしている時、東吾はふと、回向院の石段のところにいる二人の男に目を止めた。

一人は縞《しま》の着物に縞の羽織、でっぷりした体つきで顔の表情は柔和だが、目付に鋭いものがある。向い合って話をしているのは、まだ若い侍で、なかなかの男前だが、着ているものも、差料《さしりょう》もさして上等とはいえず、それでもどこか小粋な感じがするのは、御直参、江戸の侍とみえた。

話の内容は聞えないが、若い侍がしきりに訊ねているのを、でっぷりした男が柳に風とあしらっているらしい。

「あいつが伊之助でございますよ」

東吾の視線に気がついた長助が教えた。

でっぷりしたのは、開帳師の伊之助だという。

つまり、ろくな秘仏も珍しい霊宝も持ち合せない地方の寺社は、この開帳師にこねをつけると、けっこうもったいらしい偽物を集めて来て開帳の段取りをつける。

その代り、請負料と称して奉納金のぴんはねをしたり、高額の仕度金を取ったりするので、まともな寺社からは嫌われ者になっていた。

回向院のほうも、この開帳師をもて余してはいるものの、下手なことをすると、どんな仇をされるかわからないというので、みてみぬふりを続けていると、長助は相変らず町の噂には詳しかった。

「いったい、なんの話をしているのか」

源三郎までが、そっちを注目するほど、若侍の様子は真剣でせっぱつまった感じがする。

「相手が悪すぎます。なにせ、海千山千で、まともに話の出来る奴じゃありません」

長助がいったように、若侍は伊之助にいいようにあしらわれた様子で、やがて悄然《しょうぜん》として両国橋のほうへ歩いて行く。

それを見送った恰好で伊之助が茶店へ近づいたので、東吾が声をかけた。

「今の男、あんたになにを話していたんだ」

だしぬけだったので、伊之助はぎょっとしたように東吾をみたが、傍に定廻りの旦那がいるとみて、腰を低くした。

「いいえ、どうってことでもございませんが……」

「開帳に、けちでもつけに来たのか」

あてずっぽうだったが、案外なことに伊之助の表情が動揺した。

「まあ、そんなようなもんで……どうも、このような大人気になりますと、ねたみ半分、ろくでもないことをいって来る奴がございまして……」

「あいつは、なんといって来たんだ」

「へえ、正成公の兜の出所を教えろと申しまして……出所といったって、あれは壺井八幡宮の宝物でございます」

「それで納得したのか」

「納得したのかどうか、壺井八幡宮では、どこから、あの兜を入手したか訊いてくれと申しまして……」

冗談ではございません、と伊之助は高笑いをした。

「霊宝と申しますのは、そもそも、その寺や社にあったものでございまして……どこから手に入れたというものではありませんから」

急に東吾が立ち上った。

茶代をおくと、早足に両国橋へ向う。慌てて、源三郎と長助がそれを追った。

「どこへ行くんです、東吾さん」

東吾が、もう両国橋を渡り切っている若侍を目で示した。

「あいつの後を尾けてみよう」

尾けるのは本職であった。

おまけに若侍のほうは、尾けられているとは夢にも思っていないらしい。

浅草御門から神田川に架っている橋を渡って蔵前へ歩いて行く。

天王町の鳥越橋を渡ると右に浅草御蔵がずらりと並んでいる。

「蔵前のお役人かなんかでござんしょうか」

長助がいったが、若侍は相変らず早足で御蔵を通り越した。

右の大川に面した所には対岸の厩《うまや》岸へ渡す渡船場があり、左側は成田不動のある八幡宮で、若侍はその境内を抜け、少しばかり後戻りをした恰好で路地へ入る。そこで、たまたま通り合せた町人と挨拶をし、角をまがって行った。

「旦那様ではございませんか」

こっちへ歩いて来た町人が畝源三郎をみて腰をかがめた。

「これは若先生も、長助親分も御一緒で……」

御蔵前片町の札差、江原屋の番頭であった。

江原屋は源三郎の女房、お千絵《ちえ》の実家である。

「皆様おそろいで、どちらへ……」

「いや、たいしたことじゃないんだ」

東吾が屈託なく笑った。

「今、そこで挨拶をした色男の若侍、あれは、どこのどなた様なんだ」

「井上丈太郎様でございますか。すぐ、そこの天文台へお勤めのお方で……」

井上家は江原屋の出入り屋敷だといった。

「お住いは本所の一ツ目でございます」

「そうか、天文方か……」

番頭に適当なことをいって別れると、町角を折れた。

その崖《がけ》っぷちに木造の高楼がある。

高楼といっても、木柱を高く組み上げた上に吹きさらしの板敷があって、その上に小屋がいくつか建っているだけの粗末なものであった。

その上へ登るには石段がついて居り、石段の上には木戸があった。

これが幕府の天文方が勤める浅草天文台で天文、気象の観測を行い、暦の研究をしている。

「この上に登ったら、星がよくみえるだろうな」

呟いて東吾が空を見上げた。

大川に近く、周囲には高い建物もないから天体の観測にはうってつけの場所でもある。

「天文方の役人が、なんで開帳師と話をしていたんでございましょうね」

長助が首をひねった。

たしかに奇妙な組合せである。

天文台の高楼に沿って東吾は一巡した。

下から眺めるだけなので、よくわからないが、高楼の床板の上に造ってある小屋の一つは天井が抜けていて、そこから丸い骨組のようなものが頭を出している。

「おい……」

背後から誰何《すいか》されて、東吾はふりむいた。木綿の着物に袴をつけた小肥りの男が肩をいからせている。片手に釣竿と魚籠《びく》を下げていた。

「そこで何をしている」

東吾はおっとりと微笑した。

「ここは公儀の天文台ですな」

「それが、どうした」

「冬の空は、さぞ星が美しかろうと思いましてね」

手を上げて指した。

「あの手すりの棒のところに小さな動物の形をしたものが載っていますが、あれはなんですか」

東吾がいった方角を長助も源三郎ものび上ってみた。

高楼の吹きさらしの床を取り巻く手すりの角の所に一つずつ、置物のようなのがついている。

「あれは犬、こっちの隣は鶏のようで、もう一つこっちの角のは猿ですかな」

「去れ。ここは貴様らが面白ずくに近づく所ではない」

釣竿を持った男が顔中を口にして喚《わめ》いた。で、東吾は軽く会釈をして、天文台の下を離れた。

少しばかり歩いてふりむくと、釣竿の男はそそくさと天文台への石段を上って行くところであった。

「あいつも天文方の役人ですかね」

源三郎があきれたようにいった。

「えらく、威張りくさっていましたが……」

「釣りに出かけたのをみられて具合が悪かったのかも知れないな。もっとも、天文方の仕事は夜で、昼はなにをしていてもよいのだろうが……」

犬、鶏、猿、と東吾は繰り返した。

「干支《えと》だな」

大川のふちへ来て、もう一度、天文台を眺めた。

「そうか、方角なんだ」

時刻をあらわすのも十二支なら、方角も十二に分別されている。

北が子《ね》、南が午《うま》、東が卯《う》、西が酉《とり》で、北と東、つまり子と卯の間は丑《うし》と寅《とら》だから、その間の北東は艮《うしとら》で、これは俗にいう鬼門の方角であった。

同じく南東は辰《たつ》と巳《み》の間なので巽《たつみ》、北西は戌《いぬ》と亥《い》の間で乾《いぬい》、坤《ひつじさる》の方角という言い方をする。

「そうか、天文台では各々の方角を知らせるために手すりの角の杭の上に十二支を置いているのか」

鶏の置物の載っている方角は、つまり西ということになる。

その日の幽霊さがしは天文台で終りになった。

四

翌日、東吾が兄の書棚の中から天文に関する書籍をひっぱり出して読んでいると、

「かわせみから嘉助が参って居ります」

そっと用人が取り次いでくれた。

裏口へ出てみると、

「どうも申しわけございません。畝様の御新造様がお客様をおつれになりまして、そちらは天文方の矢島菊蔵様とおっしゃるお方のお嬢様で折入って御相談がおありとか……」

嘉助が白髪頭を低くして迎えに来ている。

「いいとも、どうせ奉行所へ見習に出るのは、まだ先のことなんだ」

気軽く屋敷を出て大川端の「かわせみ」の暖簾をくぐる。

るいの居間は花が咲いたような華やかさであった。

「これは女っぷりのいい方々がお揃いだな」

長火鉢の前の座布団へ腰を落ちつけると、お千絵がすぐにひき合せた。

「こちらは弥生様、お父上は天文方におつとめでいらっしゃいます」

お千絵の実家の江原屋がやはり出入りをしている直参の家柄だといった。

「江原屋は天文方の役人方と昵懇《じっこん》らしいな、昨日も井上丈太郎どのといわれる仁をおみかけしたが……」

なにげなく東吾は口にしたのだが、とたんに弥生という娘が顔を赤くしてうつむいた。

「井上丈太郎様は弥生様の婚約者《いいなずけ》でいらっしゃいます」

すかさず、お千絵がすっぱ抜いた。

「実は、弥生様の御相談というのは、井上様のお家《いえ》のことなのでございます」

傍の弥生へ強くいった。

「神林様ならなにを打ちあけられても大丈夫でございます。きっと、お力になって下さいますから……」

「おいおい」

東吾が苦笑した。

「そう安請合いをされても困るが……」

口の重そうな娘に、つとめて軽い口調でいった。

「相談事というのは、回向院の開帳にかかわり合いのあることじゃないのか」

弥生の顔色が変った。

「どうして、それを……」

「昨日、あんたの未来の御亭主さんが回向院で、開帳師と押問答をしているのを、たまたま近くでみていたんだ。兜がどうとかいっていたようだが……」

「どうか、御他言はなさらないで下さいまし」

弥生が東吾にすがりつくようにし、るいがいささか穏やかでない顔になった。

「俺が他人の大事をべらべら考えもなしに喋る男にみえるかい」

「いいえ……どうぞお助け下さいまし」

井上家には先祖代々の重宝の兜があると弥生がいった。

「御先祖が島原の合戦の時の武功の御褒美として拝領したものとうかがって居ります」

この節、直参の侍達の間で重代の武具などを披露するのが流行のようになって、井上家の兜も、是非拝見したいと仲間の者達から懇望された。

「三月三日、上巳《じょうし》の節句に、私共の祝言が決って居りますが、その席にてお集りの方々に、秘蔵の兜を飾っておみせするようにと……」

東吾が相手の表情を窺《うかが》った。

「察するところ、井上家では、その兜を紛失なされた……」

弥生の目が涙で一杯になった。

「丈太郎様の御両親が、どちらも長のお患いで……お二方とも昨年の春と秋にあいついでお歿《なくな》り遊ばしたのでございますけれど……」

「兜は売り払ったのですか、質入れですか」

「神田三河町の加納屋と申す店に質入れをしたとうかがって居ります」

「丈太郎どのは請け出しに行かれたのでしょうな」

「はい、お金の工面を致しまして……」

「だが、兜がなかった」

「いえ……加納屋では四月十日まで待ってくれと……事情があって、遠方に品物をあずけてあるからと……丈太郎様のお話ですと、加納屋には一方ならぬお世話になっているとか。それで、私の父が思案致し、私が体を悪くしたという理由で、祝言を四月十五日に延期いたしました」

加納屋のほうも、それなら必ず間に合う、迷惑をかけた詫びに、質入れの際、用立てた金は返さなくてよい、祝言のお祝いにさせて頂きたいと申し出て、一件落着にみえたのだったが、

「折も折、回向院に武者の幽霊が出たとかで、瓦版になり、大層な評判になってしまいました」

瓦版を読むと、正成公の兜というのが、真に細かくその特徴を記している。

「それが、井上家の重代の兜とそっくりなのでございます」

明珍作の名品で、前立には龍の飾りがついている。

「丈太郎様も仰天なされて、回向院へみに行かれまして、間違いないと……」

「回向院の開帳は六十日間ですな」

二月十日から始まったのだから、四月十日で終る。

加納屋へ質入れした兜が、なにかの理由で回向院の開帳の霊宝の一つにまぎれ込んだと気がついたが、だからといって加納屋を問いただしてもどうにもならない。

「丈太郎様が一番、心配なさったのは、あのような評判になって、もし、瓦版を読んだり、回向院へ出かけて開帳をみたりした人の中に、あの兜を井上家の拝領のものと気がつかれる方があっては一大事と申すことでございます」

井上家の、その兜は、丈太郎の初節句の祝いの時、丈太郎の父が祝い心から親しい人々を招いて披露をしているという。

今から二十三年も前のことだが、その時の客達には健在の者も少くなかった。

将軍家から拝領の兜が質流れをした上に、回向院の開帳の霊宝の中にまじっていたとあっては、井上家の面目がなかった。下手に公になれば、丈太郎は切腹せざるを得なくなる。

「それは御心配ですな」

回向院にかけ合って兜を返してもらおうにも、こう評判になっている霊宝が急に消えたのでは、かえって不審を持たれるだろうし、開帳師のほうもおいそれと渡しはするまい。万一、開帳のいかさまが評判になって寺社の手が入って霊宝が没収されでもしたひには取り返しがつかなくなる。

不届なのは武者の幽霊で、そんなものが世間をさわがせさえしなければ、四月十日にそっと兜を返してもらって八方うまくおさまったかも知れないのに、とお千絵もるいも幽霊に腹を立てている。

「その件について、一度、丈太郎どのと話をしたいが……」

東吾がいうと、

「でしたら、今日は天文台にいらっしゃいますから……」

弥生も一緒に浅草へ行くことになった。

「東吾様ったら、本当に若くておきれいな娘さんにはお優しいのですから……」

出がけに、るいが袂《たもと》のかげで東吾の二の腕をつねったが、

「帰りには寄る。今夜は屋敷へ帰らなくていいんだ」

そっと東吾がささやいたおかげで、玄関では別人のようなにこやかさで、

「お早くお帰り遊ばせ」

と送り出した。

天文台には井上丈太郎が一人であった。

「正式には五人ほど詰めていることになっていますが、特別の観測がない限り、みな役宅で仕事をしていますので……」

大体、二人ぐらいが交替で観測をしている。

「それも夜の仕事で、昼は用足しに出たり、釣りに行く者もあるのです」

きびきびした口調で東吾に答えている丈太郎だが、流石に内心の苦悩の色はかくせな

い。

武者の幽霊の心当りはないかと訊かれて、途方に暮れている。

「手前がとりわけ、誰かに怨まれているとは思えぬのですが……」

東吾は手すりの上の十二支の飾りを眺めて廻った。やはり方角を示すために置かれたものだそうだが、いわば飾りでそれほど正確な位置に置いてあるわけではないと丈太郎はいった。

「長い歳月でこわれてしまったものもありますし、風に吹きとばされてなくなってしまったのも、そのままです」

いわれてみると、十二支がきちんと揃ってはいない。

「龍がありますな」

その置物を東吾は手に取った。土台がはがれている。

「灰をまぶしているが、近頃、誰かが磨いたようですよ」

手拭を出して龍の一部をこすると灰がとれて、きれいな唐銅《からかね》の表面が露出する。

丈太郎と弥生が、あっけにとられて東吾の手許をみた。

「この龍が最近、なくなっていたのにお気づきではありませんか」

「いや、知りません。別に注意していませんでしたから……」

風雨にさらされている手すりの飾りであった。

「これを、兜の前立のところにのせると、どうなりますか。ちょうど手頃の大きさになるのでは……」

丈太郎が目を大きくした。

「では、武者の幽霊は……」

「回向院の誰もが口を揃えていっているのです。正成公の霊宝は暮六ッ以後は本堂の戸に錠が下りて何人も外から入ることは出来ない。しかも、霊宝には不寝番もついている。本物の兜を持ち出すことが出来ないとなると、幽霊の仰々しい兜は偽物ですな」

丈太郎の耳に口を寄せて、東吾は或ることを依頼し、まっしぐらに八丁堀へ帰った。

その夜から、源三郎の命を受けた下っ引が天文台の近くの番屋へ待機する。

翌日、回向院へやって来た人々は、そこでびっくりするような話を聞かされた。

武者の幽霊というのは、芝居小屋の者の悪戯で、木戸番の佐七と三味線弾きの吉五郎の二人がお上に呼び出され、きびしくお叱りを受けたという。

「幽霊は芝居者の悪戯で一件落着」の噂は即日、瓦版になった。

「なんだ、馬鹿馬鹿しい」

と世間が大笑いをして数日後、天文台の井上丈太郎が番屋へ知らせに来た。

「龍がみえなくなりました」

下っ引が八丁堀へ走り、その夜更け、長助が番屋へ呼び出したまま、帰さなかった吉五郎と佐七を伴って回向院門前へやって来た。

「これからは、下手な冗談で世間様をさわがすんじゃねえぞ……」

「違いますって、俺達がみたのは正真正銘の武者の幽霊で……あっ……親分、あれを……」

吉五郎が絶叫して指さしたのは回向院の石段の上で、そこには片手に松明《たいまつ》を持った武者が、龍の飾りのある兜をかぶって……。

「御用だ」

と長助がとびつき、傍の常夜灯のかげから手がのびて、武者の兜をひょいと摑《つか》み取った。

「渡辺綱どの、こいつは茨木《いばらき》童子がもらって行くよ」

東吾が声と一緒に思いきり、武者の弱腰を蹴った。

よろよろところげて、それでも必死に起き上り、長助の手を払いのけて逃げて行く男を源三郎も長助も拾い取った松明の灯でしっかりとみた。

「あいつじゃありませんか」

いつぞや、天文台へ行った三人をえらい剣幕でどなりつけ追い払った天文方の役人である。

「捕えることはない、相手は侍だ。支配違いだぜ。源さん……」

笑った東吾は奪い取った武者の兜を持って回向院へ入って行った。

翌日、井上丈太郎の屋敷に、先祖重代の拝領の兜は無事に戻り、そして回向院の本堂には、昨夜の武者の兜が、もったいらしく他の武具の間に飾ってあった。

「左へ左へ、霊宝は左でござる。これは楠木正成公、着用の兜……」

口上を述べる壺井八幡宮の神主の声が心なしか屈託しているのに、見物人は誰も気がつかなかった。

争って兜を見物し、賽銭を投げる。

両国広小路は今日も押し寄せる善男善女で大賑わいであった。

夜、東吾と源三郎と長助は弥生の迎えを受けて浅草天文台へ行った。

一度、天文台の高楼の上から思いきり夜空の星をみてみたいといった東吾へ、井上丈太郎がお礼心をこめて、内緒の招待をしたものである。

「おかげさまにて、井上家の家名を汚すこともなく、手前の命も救われました。なんとお礼を申し上げてよいやら……」

改めて手を突いた丈太郎は、涙を浮べている。

「お前さんは男前だから、うっかりしてたんだ。大体、俺だのお前さんだの、ちっとばかり男前に生まれついてる奴は、怨まれなくてもいいのに怨まれる。つまりは女難さ。女にもてる奴は、もてない男の敵だからな」

同じ天文方の大久保孫兵衛というのが武者の幽霊の正体であった。

「弥生さんは別嬪《べっぴん》だ。孫兵衛がぞっこんまいったのも無理じゃねえが……まあ身の程を知ることだな。すまじきものは横恋慕といってね。芝居でも悪い役廻りさ」

なんとか恋敵の井上丈太郎を失脚させようとして、井上家が金に困って重代の兜を質入れしたのを知り、それを表沙汰にしようとして下手な芝居を打った。

「大体、いい男というのは人が良すぎる。丈太郎どのもそそっかしい。恋敵とも知らないで、てっきり頼りになる同僚と思い、家の中の事情をみんな大久保に打ちあけていたのだから、むこうさんにしてみれば思う壺《つぼ》さ」

丈太郎の用意しておいた酒ですっかりいい気分になった東吾は伝法な口調になっている。

大久保孫兵衛は、町奉行から目付へ内々の話があって、とりあえず甲府勤番を仰せつけられた。

「まあ、甲府の星空ってのも悪かなかろう」

浅草天文台の上に広がる冬空は見事に晴れ渡っていた。

そのかわり、寒気は更けるほどにきびしい。

「こんなきれいなお星さんをみて暮しているのに、よくまあ色恋なんぞで身をあやまるもんだ」

東吾の隣で源三郎が笑った。

「お星さんだって色恋に迷って天帝様の怒りに触れ、年に一度、天の川を渡って媾曳《あいびき》をするっていう気の毒な話があるのをお忘れですか」

源三郎が長助とさりげなく顔を見合せて続けた。

「それはそうと、いつぞや東吾さんが今夜は帰るとおっしゃって、おるいさんに待ちぼうけをくわせたとか……長助が気を揉んでいますよ」

東吾がたて続けにくしゃみをした。

「天体観測って奴は、滅法、寒い商売だな」

それでも、天上に白く輝く天の川を仰いで、東吾はいつまでも天文台を下りなかった。

回向院の壺井八幡宮の御開帳は霊宝が質屋から借り出した偽物と発覚して寺社奉行から御停止《ごちょうじ》を命じられたという。

恋文心中《こいぶみしんじゅう》

一

神林東吾の毎日が、がらりと変ったのは時代のせいであった。

其方儀、此度、講武所教授方仰せつけらる、という辞令が下りて、兄の通之進の奉行所出仕を見送ると、直ちに八丁堀の屋敷を出て、まっしぐらに神田駿河台の講武所へ向う。

講武所というのは、幕府が近頃、設置した武芸練習所で、旗本や御家人の子弟が続々と集って、武芸百般の稽古をする。

東吾が教えるのは、もっぱら剣術であった。

「どうも、お上のやることは、泥棒の顔をみてから捕縄の扱いを教えるようなもんだな」

大川端の「かわせみ」へ来て、東吾はそんな憎まれ口を叩く。

「お奉行様から、神林様へ非常の際故、若隠居はならぬ、兄弟そろってお上に御奉公するよう仰せになったそうでございますね」

畝源三郎から聞いたと、るいが、どこか嬉しそうにいった。

「東吾様が、お上から知行を頂く御身分になられたと、畝様が……」

たしかに、講武所教授方としての扶持米が出るので、一応、次男坊の冷飯食いから足を洗ったことにはなる。

「兄上は、喜んでよいのか、悲しむべきか、と笑ってお出《い》でだった」

順当なら、この春の終りには神林家を相続して、兄に代って奉行所勤めをするところであった。

「神林の旦那様は、まだお若いのでございますから、御隠居は早すぎますよ。それに、講武所教授方というのは大層な御身分で、御年配のお方が多いとか。噂では東吾様が一番お若いのに、お腕のほうも一番確かだと、畝の旦那が自慢していらっしゃいました」

と女中頭のお吉もいう。

「あいつ、お喋りだな」

「八丁堀の皆様がおっしゃっているそうですよ。家門の名誉だと……」

「やってることは、今までと変りはしない。八丁堀の道場や方月館で木剣ふり廻しているのと全く同じさ」

だが、東吾にもわかっていた。

八丁堀の組屋敷に住む町方役人は、たとい旗本と同格といわれる与力であっても罪人を縛るという職務のために不浄役人と呼ばれ、お目見得以下の扱いを受ける。そうした家柄の者が、武官として召し出されるというのは非常の時代なればこそであった。

「それにしても、あっちこっちから一遍に来やがったものだな」

長い鎖国の間、外国といえば、長崎へやって来るオランダ船か唐船だったのが、ここ数年、アメリカ、イギリス、フランス、それにロシアの船までが、日本近海へやって来て開港を求め、幕府がその対応に手古ずっているようなのは、瓦版がなんのかのと書き立てるから、「かわせみ」の連中も大方、知っている。

「外国と戦が始まるなぞということはございますまいね」

るいは、それだけを心配しているようだったが、講武所の新米教授になったばかりの東吾に、幕閣諸公の腹の中まではわからない。

ともかくも、神妙に講武所勤めをしていると、或る日、今度は月の中の半分を築地の軍艦操練所へ行くようにと命ぜられた。

「どうやら、勝安房守《あわのかみ》どのが、お前に目をつけ、是非にと仰せられたそうな」

どこから聞いて来たのか、通之進は弟の報告にうなずきながら話した。

「今まで、好き勝手を致して来た罰じゃ。神林家の家名を辱しめぬよう、しかと御奉公せよ」

言葉はいかめしかったが、兄も亦《また》、満足そうであった。日蔭の次男坊が晴れて推挙されて陽の当る場所に出たのを喜んでくれている。

奇数日は駿河台の講武所へ、偶数日は築地の軍艦操練所へと、東吾の日常は更に複雑になった。

軍艦操練所のほうは辰の刻（午前八時）に始まって、午《うま》の下刻（正午）には終るのが建前だから「かわせみ」へ顔を出す暇がないわけではない。

だが、東吾は多忙であった。講武所のほうの仕事はなんということもないが、軍艦操練所での学習は未知の世界であった。

今まで手に取ったこともない洋書の写しを読まされたり、耳馴れない外国語を理解したり、海図の見方から操船術まで、到底、屋敷へ帰っての予習、復習なしでは追いつかない。

東吾は夢中になった。とにかく、なにもかもが面白い。

正直にいえば、与力としての奉行所勤めよりも、こちらのほうがずんと自分の性に合っているような気がする。

で、この春の東吾は結構、充実した日々を送っていたのだが、その軍艦操練所で昵懇《じっこん》になった何人かの中に、坪内文二郎という青年がいた。

年齢は東吾と同じくらいだろう。中肉中背で、役者にしてもいいような優男《やさおとこ》であった。

学問のほうは出来るのだが、みかけ通り柔弱で体力がない。

操練所での訓練の中には、かなりな腕力や敏捷さを必要とするものが多いのだが、いつも、彼はついて行けなくて教官の叱責を受けたり、仲間に迷惑をかけたりしている。東吾は性分で、なんとなく彼を庇《かば》うようになった。彼のほうもそれがわかって、しばしば助けを求めて来る。時には甘えすぎていると思うことがないでもなかったが、東吾は持ちまえの鷹揚《おうよう》さで、それを許していた。

その坪内文二郎が、

「神林どの、折入って、御相談申し上げたいことがあるのですが……」

そっと声をかけて来た。

「恐縮ですが、寒橋《さむさ》の所で待っていて頂きたい」

例によって、当人はその気でないかも知れないが、押しつけがましい言い方をしてすっと消えた。

その日の訓練と学習を終えて、東吾は軍艦操練所を出たところで何人かの仲間と別れた。

川っぷちに沿って寒橋のほうへ行く。

寒橋は南飯田町から明石町へ架け渡されているので、別名、明石橋ともいう。

この附近は大川から入り組んだ掘割が町々を島のように囲んでいるから、いたるところ橋だらけであった。

寒橋の袂《たもと》まで来てみると、坪内文二郎はまだ来ていない。

春とはいえ、大川を海から吹き上って来る風は冷たかったが、東吾は橋の袂の土蔵のかげを風除けにして懐中の洋書を出してのんびりと読んでいた。

やがて、雪駄の音をさせて、文二郎が来た。

「かような場所にて甚だ、あいすみませぬが、何分にも他聞を憚《はばか》ること故……」

前後に人の姿のないのを確かめてからの立ち話であった。

どうか、くれぐれも他言は無用に願いたい、と念を押して、

「実は、手前の妹が、さる大名家へ奥仕えに上って居りますが、そのお仕えしている御後室が大事な文を盗まれ……。盗んだ者から返してもらいたければ、金を用意せよ、と……」

ひどく、そそくさと喋り出した。

「そいつは……脅迫ではありませんか」

青ざめている文二郎をみて東吾は穏やかに訊ねた。

「金を用意せよとは、いったい、どのくらい……」

「五百両と書いてあったそうです」

「大金ですな」

「到底、都合の出来る額ではありません。御後室とて、そのような金が自由になるわけもなし……。手前だとて五十両の才覚も無理です」

「大事な文というのは……」

文二郎がうつむいた。

「御後室が、或る者と取りかわしていた……」

「恋文ですな」

返事をしない相手に、東吾が続けた。

「それで、相談といわれるのは……」

「神林どのは八丁堀の組屋敷にお住いとか。そのような探索を内密にひき受けて下さる御仁は居られぬものかと……」

成程、そういうことだったのかと、東吾は内心で合点した。

「左様なことなら、存じよりがないこともありませんが……」

「どなたです」

「畝源三郎と申す同心で、手前の友人です」

「信用出来ますか」

「手前と同様にお考え下さって大丈夫です」

但し、と東吾は少しばかり強くいった。

「今、坪内どのが申されたお話だけでは、探索のしようがありませんな。もう少し、はっきりと、こちらのお訊ねに答えて下さらぬと……」

文二郎が唇を嚙みしめた。

「手前の口からは、とても申せませんが……」

「どなたか、事情のわかる方が居られませんか」

「妹なら……」

口許がゆがんだ。

「妹は……その……文使いをして居りましたので……」

「妹御に、話をおきき出来ますか」

「話してみます」

せっぱつまった表情であった。

「妹をどちらへうかがわせればよろしいか。出来れば組屋敷へは……もし、妹に敵の見張りがついていて、八丁堀へ相談に行ったと知られては……」

「では……」

大川端の「かわせみ」の名を東吾は、なるべく口にしたくないと思っていたのだったが、この際、仕方がなかった。

「そこでお待ち致そう」

「何分、よろしく……」

東吾が寒橋を渡りかけると、文二郎は背をむけて、掘割沿いに西本願寺の方角へ歩いて行った。

明石町から十軒町を抜け、細川能登守の上屋敷の近くまで来ると、大川の中に佃《つくだ》島、石川島が浮んでみえる。

「東吾さんではありませんか」

むこうから呼ばれて、東吾は破顔した。

たった今、その名前を口にしたばかりである。

「奇遇だな、源さん」

町廻りかと訊いた東吾に、畝源三郎は石川島を指した。

「水戸様の軍艦がもうすぐ出来上るそうで、世の中がこんななので、あちらもぴりぴりしてお出でなのでしょう。お奉行にいろいろとお申し出があったようです」

石川島附近への舟の往来を規制しろというもので、

「まあ、そうも行きませんが、一応、川筋の者に伝達をして来たところです」

暫くは釣舟など、石川島の近くへ漕ぎ寄せぬようにといったものだ。

「どうも、あっちもこっちも軍艦だな」

肩を並べて稲荷橋のほうへ歩き出しながら、東吾は坪内文二郎の話をした。実直な友人は、それなら一緒に「かわせみ」へ寄ろうという。

「坪内文二郎と申される仁は、どのような身分ですか」

「御家人の悴《せがれ》だそうだ。兄貴が坪内主計といって家を継いでいる。操練所へ召し出されるまでは、俺と同じ次男坊の冷飯食いだな」

当人はそこから抜け出そうとして、学問に熱中したらしい。

「独り者ですか」

「そういっていた。操練所へ召し出されたのが俺と同じ頃だ。まだ、一人前に女房子を養えまい」

「人柄はどうです」

「悪くはないが、あまり融通のきくほうではないかも知れない。どっちかといえば、学んだことを生かすのは下手だろう」

「二枚目ですか」

「器量はいいよ」

源三郎が大川へ薄く射している春の陽に目を細めた。

「恋文というのは、その男の書いたものではありませんかね」

東吾が笑った。

「おそらくそうだろう。あの男っぷりなら、御後室様と曰《いわ》くがあっても可笑《おか》しくない」

「東吾さんに助力をお願いするなら、正直に自分のことだと打ちあければよいのに……」

「そりゃあいいにくかろうよ。色事の不始末だ」

御後室といえば未亡人だが、相手が大名家では厄介であった。下手をすれば命とりになる。

「かわせみ」の入口にはるいが立っていた。

「日本橋の近くまで参りまして戻って来ましたら、ちょうど、東吾様と畝様がこっちへいらっしゃるのがみえましたの。お二人とも話に夢中になっていらして、私のこと、ちっともお気がつかれませんで……」

あでやかに睨まれて、男二人は早々に暖簾をくぐった。

二

るいの部屋に落ちついて一刻ばかり。

「坪内様のお妹様がおみえになりました」

老番頭の嘉助が自分で取り次いで来た。

やがて、おずおずと入って来たのは小柄な娘で、器量よしの兄とは似ても似つかない浅黒い、ちまちました顔をしている。

「私、坪内文二郎の妹にて、良江と申します」

といった声だけは案外、可愛らしく、なんとなく東吾と源三郎は顔を見合せた。

「早速だが、あなたのお仕えしている御後室様が、大事な文を紛失なすったのは、いつのことですか」

源三郎が訊き、良江はかぶりを振った。

「わかりません。お勝の方様はいつもお文を手箱に入れて袋戸棚にしまってお出ででした。その中の一通がなくなっていようとは……」

脅しの文が来るまで全く、気がつかなかったといった。

「では、脅しの文の来たのは……」

「一昨日のことでございます」

その時のことをくわしく話してくれといわれて、良江は宙を睨むような恰好で語り出した。

「時刻は午少《ひる》し前、お勝の方様は初姫様のお相手をしていらして、少し疲れたとおっしゃって居間へお戻りになったのでございます」

お勝の方様というのが御後室の名で、初姫というのは、彼女が産んだ子だという。

「私がお茶を持って参りますと、お勝の方様が怖ろしい顔をなすって、このようなものがおいてあったと……」

「お勝の方様はお一人で部屋へお戻りだったのですか」

口をはさんだのは東吾で、良江は話の腰を折られて戸惑った様子をみせたが、

「私がお供して参ったのですが、お勝の方様が部屋へ入られる前に、お茶を持って参るように仰せられましたので……」

障子を開けたまま、良江は廊下をひき返した。

「その脅し文は、どこにあったのですか」

と源三郎。

「お勝の方様がおっしゃるには、経机の上とか」

「どんな文か、あなたはごらんになりましたか」

「ごく当り前の半紙に、それはひどい字で」

「文言《もんごん》はおぼえていますか」

「たしか……五百両を用意するように……そうでない時は、文を藤井様へ届けると……」

「藤井様とは……」

「御家老様で……」

いいさして、良江ははっとしたようである。

が、源三郎はそ知らぬ顔で、

「その脅し文は、どうされました」

「お勝の方様が持っていらっしゃいます」

「つまり、それからお勝の方様が袋戸棚の中の手箱を調べて、恋文が一通、紛失しているのに気づかれたわけですな」

東吾が話をそらした。

「そうでございます」

「その紛失した文には、なにが書いてあったか御存じですか」

「……さあ、そこまでは……」

当惑そうに良江がうつむいた。知らない中に誘導されて、喋ってはならないことまで口にしているのではないかと、不安そうである。

「ところで……」

東吾がざっくばらんにいった。

「文二郎どのは、いつから、御後室様とかかわり合いを持たれたのですか」

良江が、ああっと声をあげた。

「心配なさらなくてよい。文二郎どのは我々を信じるといわれた。我々としてもお力になる以上、知っておかねばならぬことをお訊ねしているので、なにはさて一日も早く禍《わざわ》いを片づけるのが先決でござろう」

追いつめられたように、良江が白状した。

「昨年の秋からでございます」

もともと、幼なじみだったと弁解した。

「お勝の方様の御実家と私共とはお近くで……ですが、お勝の方様は奥仕えの御奉公に上り、殿様のお目に止って……」

「御側室におなりになったわけですな」

「ですが、殿様が昨年お歿《なくな》りになりますと、姫君と共に下屋敷へ移されまして……」

「御後室様が、文二郎どのに逢いたいといわれた……」

「私……あまりにお勝の方様がお寂しそうだったので、つい……」

妹の手引で文二郎は、昔の恋人と媾曳《あいびき》をするようになった。

「でも、兄は、やはり、このようなことは人の道にはずれる。身を滅ぼすもとだと……この春からはふっつりと思い切りましてございます。それなのに、このようなことになって……」

御後室との仲が公になれば、ただではすまなくなる。

「どうか、お助けを願います。折角、兄がお役につき、出世を目のあたりにして居りますのに……」

声を慄わせて泣き出した良江をるいがなだめて、源三郎はこの後のことを細々《こまごま》と指示し、屋敷へ帰らせた。

「尾《つ》けますか」

おおよその話を聞いて嘉助が、そっといったが、源三郎はその必要はないと答えた。

「けっこう、いろいろと話してくれましたから……」

口を閉していた大名家も見当がつく。

「娘が来たのが、俺達がここへ来て一刻ばかりしてだったろう。文二郎が俺と別れて、まっしぐらに、その大名家の下屋敷へ行って、妹を呼び出して話をして、ここへ来るようにした。奉公人のことだから、一応、主人にも断りをいって出かけなけりゃならない。そんなことを考えると、下屋敷ってのは、あんまり遠くじゃないな」

東吾と別れて坪内文二郎が歩いて行ったのは西本願寺の方角だったし、良江が来たのも、帰って行ったのも、大川の川下、つまり西本願寺のほうになる。

「坪内の兄の屋敷というのは、本願寺の西側だ。二之橋の近くといっていたよ」

その辺りは御家人屋敷が固まっている。

江戸家老が藤井某で、当主が昨年歿っている。女中上りの御側室の名がお勝。下屋敷は西本願寺から、そう遠くない。

「ともかく、奉行所へ戻って調べてみます」

どっちみち、五百両用意しろ、と通告して来た相手は、次にはその受取り方を指示してくる筈である。

「その時が勝負ですな」

「いったい、誰が、そんな野暮なことをしやがったのか」

良江は見当がつかないといい、御後室にも心当りはないそうだが。

「まず、下屋敷に奉公しているか、或いは出入りする者、或いはそいつらが手先になっているか」

滅多な者では、大名家の御後室の居間へ忍び込めないというのが源三郎の考えであった。

「もっとも、大名の下屋敷というものは、広い割合に奉公人が少く、泥棒には入りやすいと申しますが……」

源三郎が帰り、東吾はるいの部屋に落ちついた。

「兄上が、なにもおっしゃらないんだ。俺達の祝言のことだが……」

兄も困っているのだろうと、東吾はるいにいいわけをした。

本来なら、神林の家督を継いで祝言と決っていた。

「私のことでしたら、御心配にならないで。るいはとっくに東吾様の妻ですもの」

成り行きにまかせるといい、るいは東吾の背に新しく縫い上ったばかりの半纏《はんてん》を着せかけた。

日が暮れて、気温が少し下っている。

風は漸《ようや》く落ちついたようであった。

三

夜になって八丁堀の屋敷へ戻っていた東吾を源三郎が訪ねて来た。

「思ったより容易に判明しました」

坪内文二郎の妹が奉公しているのは、青山下野守《しもつけのかみ》の下屋敷だという。

「場所は数馬橋の近くでして、数馬橋を渡り、備前橋を渡ると西本願寺です」

「近いな」

東吾達が見当をつけた辺りであった。

「先殿の御後室、お勝の方の実家もわかりましたよ。父親は村田京阿弥といって家は坪内文二郎のすぐ隣です」

近いといえば、坪内文二郎の家から青山下野守の下屋敷までは、ほんの目と鼻の先、

「御後室様が昔の恋人に逢いたくなるのも無理ではありませんな」

と源三郎は笑う。

「しかし、大名家の側室になぞなるものではありませんな」

笑いをおさめた源三郎が、真顔になっていった。

「そういうことにくわしい者が居りましたので、話を聞いて来たのですが、一度、側室となって殿様のお子を産んだ女は、殿様が歿ったあとも実家へ帰ることも、再縁することも許されないそうですよ」

切り髪という、有髪《うはつ》の尼独得の髪形になり、

「生涯を下屋敷の片すみで念仏三昧《ざんまい》に終るのだそうです」

「お勝の方というのは、まだ、そんな年でもないだろう」

「二十五になるそうですが……ちと、むごいですな」

「青山家から離縁をとって、坪内文二郎の女房になるというのは……」

「姫君がいる以上、無理でしょうな」

自分の産んだ姫が大きくなって、どこかへ嫁ぐ時に、うまく行けばついて行くことが出来るが、そうでもないと下屋敷を出る日はない。

「まあ、例外がないわけではないでしょうが、聞くところによると青山家は体面を重んじるお家柄だそうですから……」

なんにしても、大名家の中のことで、探索は厄介であった。

「東吾さんは、いったい、誰の仕業だと思いますか」

「皆目、見当がつかない」

考えれば考えるほど合点が行かないと東吾はいった。

「もしも、下屋敷に奉公している誰かが、お勝の方と文二郎のことを知って警告の意味で恋文一通を盗み、脅しの文を出したというのなら、五百両を用意しろとは書かぬだろう。男と関係を断て、さもなければ一切を暴露する、と、そういう内容になると思うが……」

源三郎もうなずいた。

「たしかに五百両というのは可笑しいですな」

「第一、良江の話だと、文二郎はこの春以来、お勝の方の誘いにのっていないそうじゃないか。危険を感じて、御後室様から遠ざかっているのに、なにを今頃、ことを荒立てる必要がある」

「奉公人の中に、欲心を出した者がいるのではありませんか。恋文をねたに五百両稼ごうという」

この節は大名家も懐具合が寂しくて、参勤の時だけ頭数を揃えるために小者や仲間《ちゅうげん》を集める。そういう連中は大名家から大名家を渡り歩いて食っているので、

「随分、悪どいこともやりかねません」

が、そういった手合ならば、かえってやりやすいと源三郎はいった。

「どんな金の受け渡しをいって来ますか」

翌日、東吾は講武所の仕事が終ると、その足で坪内文二郎を訪ねた。

西本願寺の脇の小さな屋敷で、文二郎は東吾の顔をみると慌てた様子で外に出て来た。

「兄には、なにも話して居りませんので……」

寺の土塀に沿って歩きながら、東吾が訊いたのは、お勝の方に奉公している人間のことであった。

「身の廻りのお世話は、手前の妹の良江が一人だけです。他に下屋敷にいるのは……」

初姫と、その乳母と下働きの女中。

「男はあまり居りません」

留守居番の老人はかなり耳が遠く、他に一人二人いる侍は、

「中屋敷から時々、やって来るので……」

「そんなに無人なのか」

坪内文二郎の屋敷へ来る前に、青山家下屋敷の外を通って来た。

大名の下屋敷としては小さいほうだろうが、それでも、ざっとみて二千坪以上はありそうであった。

「下屋敷と申すのは、どこでもそんなもののようです。殿様がお出でになるのは、年の中、一度あればよいほうでしょう。その時はお供がついて来ますから……」

「貴公と御後室の仲を知っているのは、奉公人の中、誰々だ」

文二郎はさっと顔色を変えたが、すぐに目を伏せて、

「妹の他は、知るまいと存じます」

といった。

「貴公が下屋敷へ忍んで行くのを、誰かに見とがめられたことは……」

「ないと思います」

「媾曳の場所は、下屋敷だけか。他で逢ったことは……」

「ありません。下屋敷へ参ったのも、今年になってからは数えるほどで……」

「秋から暮までは、随分と通ったのだろう」

文二郎は東吾の顔を見て黙ってしまった。

「とにかく、次に、なにか動きがあったら、すぐ知らせてくれ。良江どのにも申しておいたが……」

連絡場所は「かわせみ」と決めてあった。

文二郎と別れ、東吾は備前橋を渡り、数馬橋の上に立った。

橋の下を流れる掘割に面して田沼玄蕃頭、青山下野守、奥平大膳大夫と大名の下屋敷が並んでいる。

どこもひっそりとして、表を通っても人の出入りすらなかった。

「かわせみ」へ良江が御注進に来たのは五日後のことであった。

ちょうど東吾は八丁堀の屋敷へ帰って来たところで、表で人待ち顔の長助と出会った。

「畝の旦那のお指図でお迎えに参ったんですが、御用人が、まだお戻りじゃねえとおっしゃいましたんで……」

玄関先で待てといわれたのを、

「どうも落ちつきませんで……」

外に立っていた。

「例のお女中が先程、かわせみへお出でなさったそうで……」

というところをみると、長助はあらましのことを源三郎から聞いているらしい。もっとも、この実直な岡っ引の口の固いのも周知であった。

「畝の旦那は、かわせみにお出でになりますんで……」

かけつけてみると、るいの部屋には源三郎しかいない。

「良江どのは、ひどくおびえて居りまして、しきりに屋敷へ帰りたがるので、今しがた、かえしました」

源三郎がさし出したのは、一通の文である。

ひろげてみると、四角ばった乱暴な字で、

当夜　丑《うし》の刻　采女《うねめ》ヶ原《はら》
用意のものは文二郎に持たせること
他言無用

と三行に書いてある。

「これが、今日の午後、お勝の方の居間の経机の上にあったそうです」

「この前の文と、同じ筆跡か」

「良江どのは、同じだと申して居りました」

「五百両は、どうする」

「一応、それらしく作っておきました」

源三郎が取り出してみせた包は、成程、外見からみると五百両入っているようにみえる。

それから、坪内文二郎を訪ねて話をしたが、文二郎はどうしても采女ヶ原へ行くのは嫌だという。

「どなたか代りに行って下され。手前はもう、かかわり合いたくないのです」

いくら、東吾と源三郎が近くにかくれていて、曲者《くせもの》を捕えるからといっても、首を縦にふらない。

「神林どの、お願い申します。どうか、手前の代りに……」

我ながら人がよすぎるとは承知しながら、結局、東吾が身代りになることになった。

念のために、文二郎の着物を着、時刻をみはからって、坪内家を出る。一応、頭巾はつけたが如法《によほう》暗夜で提灯がなくては歩けない。

采女ヶ原は西本願寺から数寄屋橋御門へ向う道の途中にあった。

馬場に使われている原だから、片隅に馬をつなぐための丸木の柵があるだけのだだっ広いところで隣は酒井右京亮《うきようのすけ》の上屋敷、道をへだてた前は松平和泉守の下屋敷であった。

当然、あたりは深閑として、聞えるものは犬の遠吠えぐらいのものである。

柵に、坪内家の定紋入りの提灯をさし込み、そのかげに東吾は立った。こうしておけば、いやでも、むこうの目に入る。

背後に人の気配がした。

まっ暗な中だが、東吾にはそれが一足あとに坪内家を出た畝源三郎だとわかる。

「あきれて、ものもいえないとは、このことですな」

提灯の灯影《ほかげ》の届かない場所にうずくまって源三郎が低声《こごえ》でいった。

「自分が播《ま》いた種なのに、かかわり合いになりたくないとは、あいた口がふさがりませんよ」

坪内文二郎のことである。

東吾も苦笑した。

「そういった奴なんだ。なんというか、自分の都合しか考えていない」

「頼まれる東吾さんも東吾さんです。少しは相手をみて……」

ふっと源三郎が黙った。

提灯のあかりが一つ、こっちへ向って近づいて来る。

「文二郎様……」

女の声であった。息を切らしている。

「私、もう心配で、心配で……屋敷を忍び出て参りました。文二郎様……」

すがりつかれて、東吾は慌てた。

「お勝の方様ですか」

女がとびのいた。

「あなたは……」

「文二郎どのの身代りです」

お勝の方が、提灯を東吾の顔へさしつけるようにした。

「文二郎どのは……」

「来ません。かかわり合いになりたくないそうです」

暗がりから出て来た源三郎にいった。

「こちらをお送りしてくれ。無駄かも知れないが、俺はもう少し、ねばってみる」

源三郎がお勝の方から提灯を取り上げた。

「参りましょう。ここにいては邪魔になります」

「私、馬鹿なことを致しましたのでしょうか」

灯影が遠ざかり、東吾は待った。

やがて、源三郎が戻って来た。

「どうでした」

「なんにもない」

「ああ派手に出て来られては、どうにもなりませんね」

もし、敵がこの近くまで来ていたとすれば、今のさわぎで全部、ばれている。

「帰るか、源さん」

東吾が提灯に新しい蠟燭《ろうそく》を入れた。

四

坪内文二郎を武士の風上にもおけぬ奴だと愛想をつかした畝源三郎ではあったが、五百両の受け渡しをしくじった責任を感じていて、

「奉行所に、青山家へお出入りの同心が居りますので、頼んで様子をみてもらいます」

と東吾にいって別れたのだったが、翌日、東吾が講武所の脇の稲荷小路を下りてくると、

「もう、お帰りになる時分だと思って……」

長助を供に、待っていた。

「青山家の江戸家老、藤井助右衛門どのは、先月から病んで療養中とのことです」

殿様のほうは国許へお帰りになっていて、

「気休めかも知れませんが、殿様が国許、江戸家老が病気では、仮に、恋文のことが公になっても、すぐにどうという決断は下されまいと思うのですが……」

東吾のほうは、もっとのんびりしていた。

「俺達が心配するまでもない。どっちにしても、文二郎は二度とお勝の方に近づかないだろうし、男が尻に帆かけて逃げ出したら、お勝の方にしても、あきらめざるをえない

だろう」

仮に恋文が江戸家老の手に入ったとしても、

「そこで、もみつぶされるさ」

「手前もそう思いますが……」

昨夜の馬鹿馬鹿しさもあって、一杯やりたい気分の東吾が誘い、三人が「かわせみ」へ行った。

長助は台所へ行って蕎麦がきを作るといい、東吾と源三郎はるいのお酌で飲みはじめた。

今日は亦、春たけなわといったいい陽気で夕暮から夜になる気配がなんともいえない。

蕎麦がきを作り終えた長助が、遠慮するのを無理に座敷へひっぱり込んで盃をもたせ、るいに昨夜の失敗話をしていると、

「こないだのお女中さんがみえなさいましたけれど……」

新しい徳利を運んで来ながら、お吉がとりついだ。

良江は帳場のすみに立っていた。

東吾と源三郎をみると、袖にくるんでいた包をさし出すようにした。

「私、兄のことが心配で……あの、申しわけないとは思いましたが、内緒でお勝の方様の手箱の中をみました」

いったい、どの手紙が盗まれたのか、手紙に兄は、どんなことを書いていたのか、不

安の余り、知りたいと思ったからだったが、

「兄の文は、全部、ございました」

「なんですと……」

源三郎が包を受け取った。

「どういうことなんです」

「兄の文使いは私が致しました。ですから、文が盗まれたときいてから、指を折って数えました。私がお勝の方様にお届けした兄の文は、全部で八通でございました」

その八通が手箱にある。

源三郎が包をあけて入っていた文の数をたしかめた。

「あなたの記憶違いということはありませんか」

「いいえ、間違いはございません。どう考えても八回でございます」

東吾が源三郎の手から八本の文を取り上げて、良江へ返した。

「これを持って屋敷へお帰りなさい。お勝の方にみつからぬよう手箱に戻しておくことです。そして、兄上に、もう心配なことはなにもないとおっしゃるのですな」

良江が顔を上げた。

「やはり、そうだったのでしょうか」

東吾がうなずいた。

「あなたの考えて居られる通りです」

唇を嚙みしめるようにして、良江が帰ってから、源三郎が東吾を眺めた。

「どういうことなんです」

「源さんだってわかっただろう。あの娘だって気がついたんだ」

「恋文は盗まれていなかったんですな」

「そう……」

「では……」

「お勝の方の一人芝居さ」

るいが小さく呟いた。

「どうして、そのようなことを……」

「男が逃げ出しそうになったからだろう。もう逃げられないと脅すつもりだったのか、一蓮托生《いちれんたくしょう》だと因果を悟らせる気だったのか。しかし、それでも男は逃げた。采女ヶ原に文二郎が行かなかったことを知った時のお勝の方の打撃は大きかったようだな」

「いつから、東吾さんは気がついていたんですか」

「半信半疑だったんだ。可笑しいといえば、最初から合点の行かないことだらけだった。こいつはいけないと答えが出たのは采女ヶ原にお勝の方が現われた時だ」

ぞろぞろとるいの部屋へ戻って、再び、酒になった。

「俺達ですら、どうも変だと思う。お勝の方の傍にいる良江にしてみたら、納得の行かないことばかりだったろう。最初は欺されたが、だんだん尻尾がみえて来て、遂に手箱の文を調べる気になった」

「どうして、そんな恋文を取っておいたんですかね。一通盗られたっていったんだから、処分するかして……」

お吉が口をとがらせた。

「捨てられなかったんだろうな。それだけ、文二郎に未練があったんだ」

心にもなく大名の側室になり、若くして後家になった。押しこめ同様の下屋敷は、昔の恋人の家に近い。

「文二郎って人もひどいじゃありませんか。最初、その気にさせておいて、いい加減で捨てちまうなんて……」

男の薄情さを、お吉は怒ったが、東吾には文二郎の気持もわかるような気がした。

今年になって東吾の身辺ががらりと変ったように、文二郎もそれまでの冷飯食いから一転して、軍艦操練所で働く身分となった。

職禄も得たし、出世の望みも出来た。

危険な恋にかかわり合いたくなくなったのは、自分の将来が明るくなったからである。

「おい、俺と文二郎なんぞを一緒に考えるなよ」

急にしょんぼりしてしまったるいに気がついて、東吾は狼狽《ろうばい》した。

「冗談じゃねえ。るいと俺はもう夫婦なんだから……」

客はそそくさと帰り、東吾は「かわせみ」へ泊った。

凶報が伝わったのは、翌日であった。

知らせは、やはり良江が持って来た。

「昨夜からお勝の方様のお姿がみえなくなって……兄も居りません」

坪内家では文二郎の兄嫁が夜更けて文二郎を訪ねて来た女があったと告げた。

「文二郎どのが、女の方を押し出すようにして、一緒に外へ出て行きまして、それっきり戻って参りませんでした」

その暮れ方に、二人の死体は石川島の、進水したばかりの水戸家の軍艦の土手っ腹にひっかかって発見された。

文二郎の死体は胸を短刀で一突きにされて居り、その死体を自分の体に縛りつけてお勝の方は大川へとび込んだようであった。

その場所も寒橋の近くにおびただしく血の流れた痕がみつかった。

「ここから、どんぶらことやらかしますと、普通なら海へ流れてしまうんですが、ちょうど上げ潮にぶつかって押し戻され、石川島へ流れついたんでござんしょう」

死体の引揚げを手伝った佃島の漁師が話すのを、東吾と源三郎も黙然と聞いた。

「お勝の方は身重の体だったそうです。胎児は、およそ五月《いつつき》になっていたとか……」

検屍に立ち会った源三郎が帰り道にそっと告げた。

「どうも……誰が悪いってんいやあ……」

いいさして、東吾は並んでいる大名屋敷の塀を眺めた。

春の陽が長く続く土塀に当って、そこに小さな陽炎《かげろう》が立っている。

目を逸《そ》らすと、石川島の近く、進水早々、けちのついた水戸家の軍艦が、いささか口惜しそうに春の河口に浮んでいた。

わかれ橋《ばし》

一

五月二十八日は両国の川開きで、両国界隈《かいわい》は勿論、江戸のありとあらゆる所から花火見物の客が集って、大川の両岸は大層な人出となる。

金のある人間はあらかじめ屋形舟を借りて、川の上からの見物だが、そうでないのは橋の上や屋根に上って、玉屋、鍵《かぎ》屋と威勢のいい声を張り上げる。

大川端の宿「かわせみ」でも、この時期、滞在客の大方が花火見物を望むので、知り合いの深川の舟宿へ涼み舟を頼んでおいて客を送り込む。

「いい按配に、お天気でよござんしたね」

舟宿まで客を送って戻って来たお吉が帳場にいた嘉助に声をかけた。

この年、江戸は天気が定まらないで、殊に五月になってからは雨が多かった。

「冗談じゃありませんよ。五月晴れって言葉があるのに、きれいさっぱり青空が出たのは一日か二日、あとはびしゃびしゃ雨ばっかりで……」

お吉がこぼし、

「まあ、五月雨《さみだれ》って言葉もあるんだから仕方がねえやな」

嘉助に変な慰められ方をしていた毎日であった。

殊にこの三日ばかりはどしゃ降りで、

「この分だと、川開きもどうなりますか」

と怨めしそうに空を眺めてばかりいたところ、今朝はすっきりと晴れ渡り、昼すぎには気温も上って、やっと夏らしくなった。

「今夜あたり、若先生がいらっしゃいませんかね。うちの屋根に上ったら、花火がいいようにみえるんだし……」

お吉がいいかけた時、表戸が軽く叩かれた。

「俺だ。開けてくれ」

「あらま、あたしの声が八丁堀まで聞えたんでしょうかね」

慌てて、お吉が心張棒《しんばりぼう》をはずした。

「どうもすみません。宵の中《うち》から戸じまりなんぞしちまって……」

「なに、そのほうがいい。近頃はえらく物騒だ」

入って来た東吾は薩摩絣《さつまがすり》に単袴《ひとえばかま》で、素足に下駄履き、その背後に、黒地に菖蒲《しょうぶ》を描いたちりめんの単衣《ひとえ》に白献上の博多帯、大きく結った丸髷《まるまげ》が重たげにみえる二十七、八の女がおどおどと寄り添っている。

「お嬢さん、若先生がお出でになりました」

と奥へ呼びかけたお吉の声が、途中から威勢が悪くなった。

「若先生、お客様で……」

流石に嘉助は年の功で、すばやく東吾の連れの女を観察した。

まず、商家の女房、それもかなり大店と思える。

「お帰りなさいまし」

いつの間《ま》に来たのか、るいは立ちすくんでいるお吉の前をすり抜けて、上りかまちに手を支《つか》えた。

「この人が外に立っていたんだ。聞いてみたら、るいの古い知り合いだというから……」

るいが不思議そうに女をみ、女は困ったようにうつむいた。

「あの……知り合いと申しましても、その昔、お琴のお稽古で、ほんの僅か御一緒だったので……」

ちらと上目遣いに東吾とるいをみてから名乗った。

「私、本郷の大和屋の娘、喜久と申します」

るいは、思い出せないままにうなずいた。

「ここは端近《はしぢか》でございます。よろしければ、どうぞお上り下さいまし」

「お宿をお願いしたいのですが……」

「ともかく、上りなさい」

東吾が「かわせみ」の亭主の口調でいった。

「ここでは、話も出来ない」

とりあえず、るいの居間へ案内しようとすると、喜久という女は、

「どうか、泊めて頂けるお部屋のほうで……」

という。

心得て、嘉助が梅の間へ行き、行燈《あんどん》を出したり、座布団をおいたりしてから喜久を伴って行き、改めて、るいが自分で茶を運んだ。

「申しわけございません。あなた様はおそらく、私のことなどおぼえていらっしゃらないと思いますが……琴爪を忘れて参りまして、私、指が細くて、お師匠さんがいろいろ出して下さったのですが、合いませんで……その時、あなた様が、もし合ったら、と御自分のをお貸し下さったのです」

そんなことがあったと、るいは遠い記憶を引き出した。

「なんとなく、思い出しました」

「あとで、町内の友達が、あのお方は八丁堀のお役人のお嬢様だと教えてくれました」

「十年くらい前のことでしょうか」

「ええ、私が十五、六でしたから……」

るいは微笑して相手をみた。

「本郷の大和屋さんとおっしゃいましたね」

「はい」

「今も、本郷にお住いですか」

「私、家付娘でしたので……嫁には参らず、養子を迎えましたの」

「本郷にお宅がおありなのに、私どもへお泊りになりたいとおっしゃいますのは……」

「私の話を聞いて下さいますでしょうか」

「私が……」

「はい、乳母《うば》が申しましたの。乳母は私のところを暇を取ってから、すぐそこの水谷町に住んで居ります」

水谷町は八丁堀の組屋敷の隣であった。

「乳母があなた様のことを教えてくれました。昔、お琴のお稽古で御一緒だったおるい様が大川端で宿屋をなさっていて、そちらには八丁堀のお役人もよくおみえになっているから、なにもかも打ちあけてお願いすれば、力になって下さるかも……」

思わず、るいは苦笑した。

「お力になれるかどうか。お話はうかがいましょう。でも、ここへお泊りになることを、お宅へはなんとおっしゃって……」

「つれあいには、乳母が体を悪くしているので、見舞旁《かたがた》、水谷町へ泊って来ると申して出て参りました。でも、乳母の家は狭くて、悴《せがれ》夫婦も居りますので……」

廊下に足音がして、

「おい」

と東吾が外から声をかけた。

「女同士の内緒話なら遠慮するが、俺が片棒かついだほうがよけりゃあ、同席するよ」

喜久がるいをみた。

「先程のお方でしょうか」

るいが少しばかり誇らしげにいった。

「私と同じ、八丁堀育ちのお方です」

「お願い申します。どうぞ、話を聞いて下さいまし」

障子があいて、東吾が入って来た。

「お吉や嘉助が気を揉んでいるのでね。るいが厄介を持ち込まれて、困っているのではないかと」

喜久が座布団から下りて、手を突いた。

「お助け下さい。私、つれあいに……新助に殺されそうなのでございます」

東吾が思わず、るいと顔を見合せた。

二

少しでも話がしやすいようにと、東吾は酒を運ばせ、喜久にも二つ、三つ酌をしてやり、あとは自分が飲んだ。

飲ませてみてわかったことだが、喜久はけっこう酒が強そうであった。それでも青ざめていた頬に赤味が射し、緊張がほぐれたようで、ぽつりぽつり話をはじめた。

「私、十六で新助と夫婦になりました。お父つぁんが決めた人ではなくて、私が無理をいって……お父つぁんはとても心配したのですけれど、私はおっ母さんを早くになくしていて……母親のない娘だから、つい、可哀想になって承知したのだと思います」

「新助さんとおっしゃるお方は、どういうところの……」

るいが合の手を入れた。

そうでもしないと、喜久の口はまだ重い。

「役者なんです」

猿若座へ出ていたといった。

「名題《なだい》ではなくて、幕が開くとずらりと並んでいるような役ばかりの……せりふも割ぜりふが一つあればいいような……」

「では、役者をやめて、大和屋さんへ……」

「どっちみち、役者をやっていても、みこみがないとあきらめて……それに、うちは紙問屋で、別に力仕事ではありませんから……」

役者のような優男でもつとまるといいたげであった。

それにしても、一人娘が役者に惚《ほ》れて一緒になりたいといい出したのだから、父親は仰天したに違いない。

「で、うまく行かなかったのですか」

役者が老舗《しにせ》の紙問屋の主人になるのは容易ではあるまいと考えて、るいはいったのだったが、

「けっこう大丈夫だったのです」

という喜久の返事であった。

「新助は大人しい性格ですし、如才のないところがあって、店の者ともすぐ打ちとけました。商売のほうはお父つぁんが教えて、一昨年、お父つぁんが死んだ時は、自分がいなくなっても、新助でなんとかやって行けるだろうといってくれました」

「するってえと……」

黙々と飲んでいた東吾が漸く口をはさんだ。

「新助が変ったのは、お父つぁんが歿《なくな》ってからか」

「昨年ぐらいからなんです。それも、急にではなくて、少しずつ、可笑《おか》しなことが……」

「たとえば……」

「昨年、上方へ行きました。それまでにも商売のことで、二年おきくらいには行っていたのですけど……帰って来て、土産を私にと……」

「けっこうなことじゃないか」

「京呉服の上等なのが十反も、なんです。その他にも、髪の飾りだとか、帯とか」

それまでにも上方土産として少々の土産はあったが、

「なんだか、手当り次第に買って来たという感じで……」

「大和屋の銭箱は、親父さんが握っていたんだろうな」

「そうです」

「今は、新助か」

「ええ」

「銭箱が自由になって、気が大きくなったのか」

「番頭さんはそういうんです。でも、買って来たものが、みんな私への土産だったので、なにもいいませんでした」

「あんただって、嬉しかったんだろう」

「嬉しくないことはありませんが、男の人の見立《みたて》というのは、自分の好みとは少し違うし、うちの人は役者だったので、どうしても派手好みなんです。商家の女房が派手派手しいものを着るのは、お父つぁんからも戒《いまし》められていましたし……」

結局、新助の買って来た土産の大半は簞笥《たんす》の中で眠っているという。

「他になにか……」

「細かなことは、いろいろあるんですけれども……」

ためらって、小さくいった。

けにとられた。

「私に、男をけしかけたんです」

「なに……」

犬をけしかけるという言葉はあるが、男をけしかけるというのは凄《すさま》じいと東吾はあっけにとられた。

「その男ってのは……」

「役者です。つい、最近まで猿若座に出ていた……」

新助が役者だった時と同じように、その男も名題ではなく、

「坂東芳弥といって……女形です」

きれいな男で、たいした役がつかないにしては、芝居通に人気があるらしい。

「私は芝居が好きで、今でも三月に一度くらいは猿若町へ出かけるんですけれど……」

坂東芳弥が目に止って、

「ちょっとした楽屋見舞をあげましたら、芝居茶屋まで挨拶に来まして……でも、それだけのことです。今までにもそういうことはよくありましたし……」

新助との出会いも、最初はそうだったといった。

「役者遊びをしようと思ったわけではないんだな」

「それほど、馬鹿じゃないつもりです。仮にも亭主のある身ですし、むこうだって、そういうことは心得ています」

「新助が誤解をしたのか」

「そうではなくて、私が向島の寮へ行っている時、坂東芳弥が訪ねて来たんです」

大和屋では、夏の保養に、向島の綾瀬川の近くに別宅を一軒持っている。

「庭の藤がとてもきれいに咲くので、ついこの春、私は三、四日、そっちに行っていました」

別宅には女中と庭番がいるから、喜久が一人で出かけて行っても、不自由はない。

「突然、それも夜になって、芳弥が訪ねて来たので、どうしようかと思ったのですけれど、外は雨が降っていて……結局、居間へ通しました」

近く、上方へ帰るため別れをいいに来たというので餞別の用意をし、上方の話などをしていると、いきなり芳弥が口説きはじめた。

「そんな心算《つもり》はありませんから、思いきりはねつけて、あんたの師匠にいいつけてやると申しましたら、泣き出して……うちの人から頼まれたって白状したんです」

「新助さんが、その役者に……」

るいが眉をひそめた。

「五両もらって、承知したっていいました」

「本当なんだろうな。役者が出まかせをいったんじゃないのか」

喜久がふっと目頭を押えた。

「本郷の店へ帰って、それとなく番頭さんに訊きましたら、坂東芳弥は向島へ来る日の昼間、本郷の店へやって来たそうなんです。やっぱり、上方へ帰るので挨拶に来たと……。番頭さんが、私が留守なのでどうしようかと思っていたら、うちの人が餞別をやりたいから奥へ通ってもらえって……小半刻（約三十分）ばかり、うちの人と二人っきりで話をしていたとかで、帰って行く時、顔をみたら、まっ青で具合でも悪くなったんじゃないかと思ったっていいました」

芳弥が向島へ訪ねて来たのは、その夜で、

「私は芳弥に向島の家のことなんぞ話していませんし、番頭さんも私が向島へ行っているとはいわなかったそうですから、どう考えても、うちの人が教えたに相違ないんです」

「新助には、そのことを問いただしたのか」

「いいませんでした。いったら、なにか怖ろしいことが起るんじゃないかと……」

それが四月のことで、

「つい四、五日前なんです。出入りの植木屋が庭の手入れに来ていて、信州から来たという若い人が、とりかぶとの話をしたんです」

信州では春先、二輪草というのが自生して、その新芽は味噌汁に入れたり、煮びたしにしたりして土地の者は食べるのだが、

「とりかぶとの新芽とよく似ているんですって。時々、間違えて、とりかぶとのほうを食べてしまって、それで死人が出たりするそうです」

それは東吾も以前、聞いたことがあった。

「うちの人がしつっこく、その話を聞いていました。ちょうど、乳母が冬物の始末を手伝いに来ていて、植木屋にお茶うけを運んで行って聞いたんですけど、うちの人は、とりかぶとは江戸の近くに生えているだろうかって、しきりに訊ねていたそうです」

とりかぶとの根に猛毒があるというのは喜久も聞いたことがあったので、すっかり怖ろしくなった。

「そういえば、冬にも、ねずみなんか出ないのに、石見《いわみ》銀山のねずみ取りを買って来たことがあって……」

考えれば考えるほど、店には居たたまれなくなって、遂にとび出して来て、乳母の家へ行ったのだと、最後は涙声で打ちあけた。

三

喜久の世話をお吉にまかせて、東吾とるいは居間に戻った。

縁側には蚊やりが煙をあげている。

川開きの花火はもう終ったらしく、夜空には月が出ていて、大川のほうはひっそりしている。

「折角、お出で下さいましたのに……」

幼なじみとはいっても、たいして仲よしでもなかった女がとび込んで来て、と、るいはがっかりしていたが、東吾は面白そうであった。

「るいはどう思う」

喜久が一人娘だとすると、彼女が死ねば大和屋は新助のものになる。夫婦の間に、子供はまだないといっていた。

「やっぱり、新助という人に女がいるのでしょうね」

それしか考えられないとるいは主張した。

「喜久さんが邪魔で……それと大和屋の財産がめあてでしょう」

「それにしちゃあ、どじだな」

ああ、いろいろやっていれば、喜久も気がつくし、奉公人も疑惑を持つ。

「そこへ、喜久に万一のことがあれば、当然、亭主は疑われるぜ」

「気がつかないんじゃありませんか。人殺しに夢中で……」

「それほど馬鹿だとは思えねえんだが……」

役者から紙問屋へ聟入りして、ぼろも出さずにやって来た男であった。

「男の人って、他に女が出来ると、かあっとなって、愚かなことをはじめるんじゃありませんの」

なんとなくるいが苛々《いらいら》しているのに気がついて、東吾は耳に口をよせた。

「そういうことは、蚊帳《かや》の中へ入って話をしようじゃないか」

次の間には、夜の仕度が出来ていた。青蚊帳独得の匂いがしている。

「兄上が、遅くなったが、来月、内輪だけで祝言をしたらどうかとおっしゃったんだ」

るいに帯を解かせながら、東吾がいい出した。

「なにしろ、最初と違って、俺は軍艦操練所と講武所とにひっぱられて、兄上の跡目相続が出来ない有様だ。だからといって、これ以上、るいを待たせるのは可哀想だと思うので、とりあえず盃事をすませて、俺が当分、かわせみに厄介になるというのは、どうだろうか」

　弟に与力職をゆずれない限り、八丁堀の組屋敷を兄は出ることが出来ない。

「るいに俺のところへ来てもらっても、窮屈だろうし、義姉上とるいがおたがいに遠慮し合っても困るんだ。それで、兄上に申し上げた。かわせみは宿屋ですから、手前の部屋の一つぐらいありましょう、とね。兄上は笑って居られた」

　さきゆきは又、考えるが、今はどんな形であれ、るいと祝言をしてしまいたいといった東吾の気持の奥には、この頃の穏やかならざる時世がみえているからで、八丁堀育ちとしてはまことに無念だが、徳川の治世も末という予感がある。

　世の中がこれほど激しく揺れて、明日が日、なにがあるかわからないだけに、せめて、けじめをつけておきたいという東吾の気持はるいにも通じていた。

「私は、東吾様のよろしいように……」

　みつめ合ったとたんに涙があふれて、るいは東吾に抱かれたまま、涙の目を閉じた。

　翌日、東吾は講武所へ出かける前に、八丁堀の組屋敷に畝源三郎を訪ねた。

大和屋の話をざっとして、内偵を頼み、午すぎに湯島の鰻屋《うなぎ》で落ち合う約束をした。

今日も江戸は盛夏のような日ざしである。

講武所で午まで若い旗本、御家人の子弟に剣術の稽古をつけて、着がえをして湯島へ向った。

源三郎はもう来ていた。

「腹が減っているんだ。先に飯にしよう」

大串を注文した東吾に、源三郎が笑った。

「土用にもならないのに、鰻というのは、東吾さんも年ですかね」

「なんだと……」

「昨夜は、おるいさんの所だったんでしょう。今朝は、顔に描いてありましたよ」

「源さんも年寄りになったもんだ。嫌味なことをいうもんだぜ」

悪態を吐《つ》き合いながら、運ばれた鰻飯を食う。

「本郷の大和屋ですが、東吾さんがお内儀の喜久からお聞きになった通りのようですよ」

主人の新助は役者上り、先代の大和屋主人の反対を娘が押し切って夫婦になった。

「子供は一度、流産して、それ以来、授からないようです」

「夫婦仲は、どうなんだ」

「悪くなかったそうですが、今年になって夫婦が別々の部屋で寝るようになったといいます」

「新助の色女は、どこの誰なんだ」

「それが、まだわかりません。間もなく、ここへ、岡っ引の伝吉が、大和屋の番頭をつれてきます」

忠兵衛といって、先代からの苦労人だから、もし、新助にかくし女があれば、知らない筈はないと伝吉が保証したという。

飯が終って茶を飲んでいる時に、伝吉が忠兵衛を伴って来た。

忠兵衛はもう六十をいくつか過ぎていると思われる年頃で、大和屋の近くに自分の家を持ち、女房子もいる。

「新助について訊きたいのだが……」

と東吾が口を切ると、みるみる青ざめた。

「旦那が、なにか致しましたので……」

「そんな気配があったのか」

たたみ込まれて、忠兵衛はうつむいた。

「いえ、そうではございませんが……」

「新助には女がいるであろう」

と源三郎が訊くと、驚いたように顔を上げた。

「まさか……」

「四六時中、新助の傍にいる其方が知らぬ筈はあるまい」

「存じません。どこのどなたでございますか」

「それがわからぬから訊いて居るのだ」

「いるわけがございません」

きっぱりした返事であった。

「御先代が歿ります前に、手前によくよくおっしゃいました。新助に女が出来たら、娘のお喜久が不幸になる。くれぐれもよく見張るようにと……」

「お前の目をごま化してということは……」

「ありますまい。新助旦那は大方、一日中、店の帳場にすわってお出でで、滅多にお出かけになりません」

出かける時は小僧か手代がついて行くし、格別、遅くなることもない。

「上方には手前がお供を致しました」

「つきあいで、吉原へ行くことは……」

「ございません。世間様は御養子だから、と噂を致しますが、新助旦那は気にもなさいませんので……」

「内儀さん一筋か」

「手前には左様にみえますが」

「しかし、喜久は新助が自分を殺そうとしていると思っているが……」

「それは、手前も乳母のお梅さんから耳打ちされましてございます」

役者のことはよくわからないが、たしかに新助が石見銀山ねずみ取りを買ったことも、

「とりかぶとの話も、手前も他の奉公人も存じて居ります」

だからといって、新助が喜久を殺そうとしているとは、到底、思えないと番頭はいった。

「新助旦那はとても気の小さいお方でございます。人柄はよくて、お内儀さん殺しなどという怖ろしいことがお出来なさるとは思えませんが……」

ただ、今年の正月あたりから目立って新助が憔悴《しょうすい》していると忠兵衛はいった。

「女中達の話ですと、食もあまり進まないようで、といってお医者へ行く様子もありません」

帳場にいても暗い顔で、考えごとをしている。

「商売のほうは、手前と手代どもできちんとやって居りますが……」

主人が元気がないと、店の空気も暗くなる。

「その上、お内儀さんが新助旦那を、そういうふうにみてお出でては、さきゆき、どうなりますか……」

すっかり白くなった横鬢《よこびん》を慄わせている。

「どうも、わからんな」

鰻屋を出て、忠兵衛を帰し、ぶらぶらと本郷まで行った。

道々、伝吉に訊ねると、大和屋の近所の評判は悪くないといった。

「旦那はお内儀さんに頭が上らないようですが、惚れ合って夫婦になれば、男は大方、女房の尻に敷かれまさあ。新助旦那に格別、道楽があるときいたこともありませんしねえ」

女房のほうは娘の頃から芝居好きだが、それとても、近所の内儀達と誘い合せて出かけるので、

「役者に熱くなって、どうこうすれば、忽ち、近所中の評判になりますんで……」

現に、新助といい仲になった時、父親の耳に入る前に町内中が知っていたくらいだと笑っている。

大和屋の前を通り、店をのぞいてみると、帳場に細面で色白の、なかなか男前なのが帳面をみている。

「あれが、新助か……」

成程、苦労知らずの商家の娘が惚れそうな優男だと、東吾は源三郎の肩を叩いて通りすぎた。

四

喜久は当分、乳母の家に滞在するということにして、「かわせみ」を動かず、時折、乳母や番頭が着がえを運んだり、店の報告をしたりしているようであった。

春には三日の晴なし、というが、この年は五月も同様で、晴天が二、三日続くときまって大雨になる。

六月になって雨の量が更に増えた。

夕立のような降り方が続き、雷がよく鳴る。

江戸の河川はどこも濁流が音をたてて流れ、橋が流された場所も少くなかった。

その日、東吾は講武所の帰りに兄の用事で本所の麻生家へ行くことになり、昌平橋を渡って神田川沿いに両国広小路へ向っていた。

ここの川っぷちには柳の木が植えてあって、ところどころには葭簀《よしず》張りの小店が出ているのだが、この大雨続きでどの店も閉めっぱなし、通行人もなく、午後だというのに辺りは小暗くて、ひどく寂しかった。

神田川は水かさが増していて岸辺すれすれまで川波が激しくぶつかっている。

和泉橋の袂をすぎ、新シ橋がみえて来て、東吾は橋の上の男に気がついた。

傘もささず、濡れねずみでじっと川をのぞいている。

矢庭に橋の欄干へよじのぼろうとするので、東吾は足駄を脱ぎ捨てて走った。

男は足を橋の横板の間にはさんでしまって、もたもたしている。東吾が帯を摑んでひきずり下すと悲鳴を上げた。

「いい年をして、分別のねえことをするな」

どなりつけながら近くの自身番へひっぱって行き、改めて男の顔をみて驚いた。

「お前、大和屋の新助じゃないか」

なんだって馬鹿な真似を、といいかけた東吾に新助はくるりとむこうを向いた。

「うっちゃっといて下さい。あたしなんぞ、死ぬより外はないんです。死んだほうがましだ」

おいおい泣き出したのをなだめ、番太郎に火をたかせて、濡れた着物を乾かし、酒を買って来させた。

なにしろ、東吾もずぶぬれである。

あまり飲めないというのを、無理に茶碗を持たせ、酒を注いでやると、二口飲んだだけでまっ赤になった。

「お前、役者から大和屋の主人になったそうじゃないか。それほど出世しながら、なんだって身投げなんぞするんだ」

東吾に訊かれて、しょんぼりと答えた。

「女房に捨てられましたんで……」

「内儀さんに……」

「喜久は、手前に飽きたんでございます。喜久が手前に惚れてくれたのは、手前が若くてきれいだったからで……この年では、もう、喜久をひきとめる器量はございません」

あっけにとられて、東吾は相手を眺めた。

「しかし、お前、まだ三十そこそこだろう」

「役者の器量は三十すぎたら、みられたものではございません」

「そりゃ色子《いろこ》とか蔭間《かげま》なら、そうかも知れねえが……」

どうして、喜久がお前に飽きたと思ったのかと訊いた。

「一緒に暮していればわかります。商売は番頭や手代がみんなやってくれますし、手前がいなくても、大和屋の暖簾はびくとも致しません。甲斐性なしの手前に、喜久は愛想が尽きたんでございます」

「お前の思い込みじゃないのか」

「いいえ、喜久は手前が上方で求めて参りました土産を、ちっとも喜んでくれませんでした。着物も帯も、まるっきり着ることなしで……」

そんなことか、と東吾は可笑しくなった。

「女房がそっけなかったら、他に女遊びでもしたらどうなんだ。金箱は自由になるんだろう」

「そんなことは出来ません。手前は喜久に惚れて居ります」

「それじゃ、女房を役者に口説かせたのは、どういうわけだ」

新助が顔をくしゃくしゃにした。

「手前は……喜久の気持を確かめたくて……」

「馬鹿野郎、それじゃ石見銀山やとりかぶとは、手前が死ぬためかい」

「どうして、ご存じで……」

青くなって身をすくませた新助に東吾はどなる気力もなくなった。

「手前は女房に見放されました。喜久は手前と同じ部屋に寝てくれなくなりました。もう、死ぬしか仕方がございません」

「いい加減にしろよ。喜久は自分がお前さんに殺されるんじゃねえかと、店を逃げ出したんだぜ」

新助が腰を抜かすほど驚いた。

「そんなことを……喜久にそんなふうに思われては、手前はもう生きてはいられません」

「冗談じゃねえな」

雨がやや小降りになったところで、東吾はいやがる新助を力ずくで「かわせみ」へつれて行った。

出迎えたるいにざっとわけを話し、

「とにかく、二人にさしでゆっくり話をさせてくれ」

ぶるぶる慄えている新助にもいった。

「なんでもいい。腹の中にあるものを全部、女房の前で吐き出すことだ。その上で生きていられねえなら、この家のむこうは大川だ。神田川より間違いなく、手前《てめえ》の水死体を海へ押し流してくれるぜ」

叩きつけるようにいい残して、自分は本所へ行った。

兄の用事をすませて、帰りに「かわせみ」へ寄ると、るいが可笑しそうに告げた。

「あの御夫婦、抱き合ったまま、大声で泣きっぱなしなんですよ」

それから五日ほどして、大和屋の番頭が「かわせみ」に使に来た。

「こちら様のおかげで主人夫婦がめでたく元のさやにおさまりましてございます」

ついてはお礼のしるしに一献さし上げたいので、恐縮ながら、本郷の鶴賀という料亭までお出で頂きたいという口上である。

るいはためらったが、東吾は、

「いいじゃないか。あいつのおかげで危く風邪をひきかけたんだ。旨い酒ぐらい御馳走になっても罰は当るまい」

招きに応じて、二人揃って本郷へ行った。

新助と喜久は別人のように明るく、色っぽくなっていた。

「手前の命の恩人でございます」

と新助が手を合せ、喜久も涙ぐんで頭を下げた。

充分すぎるもてなしを受けて、大和屋へ帰る新助夫婦と、東吾とるいは途中まで歩いた。

二組の別れるところに小川がある。

昔は不忍池《しのばずのいけ》から小石川へ続く小さな川だったが、今は更に川幅がせまくなって、形ばかりの橋が架っている。

橋の名が「わかれ橋」であった。

近くには見かえり坂、見おくり坂という地名もある。

「ずっと以前は、ここらが江戸の境界だったんだ。江戸を追放になる者は、この橋を渡って行った。だから、この名前が残っているんだとさ」

だいぶ前に畝源三郎から聞いた知識をひけらかした。

「お前ら、わかれ橋を右と左に渡らなくって、よかったじゃないか」

涙ぐんで頭を下げる新助夫婦に手を上げて、東吾は町の辻で駕籠を頼み、るいを乗せて大川端へ帰って行った。

祝言《しゅうげん》

一

神林東吾とるいの祝言が行われたのは、六月末のおだやかな夜であった。二、三日前に長雨が上って、日中は太陽がじりじりと照りつけたが、夕方からは風も出て気温もやや下った。

大川端の「かわせみ」を出た花嫁の行列は先導を長助がつとめ、駕籠脇には畝源三郎と妻のお千絵がつき添って八丁堀の神林家の門を入る。

出迎えたのは麻生宗太郎と七重で、とりあえず控えの間に案内し、それから奥座敷へ向った。

東吾はすでに紋付に裃《かみしも》姿で金屏風の前にすわらされていたが、七重に手をとられて入って来たるいをみて、正直に嬉しそうな顔になった。

そのるいは神林家から贈られた平絽の白無垢に白地に金で亀甲を織り出した帯を締め、その上から、やはり白い翠紗に神林家の家紋である源氏車を染め出した打掛を柔かに着こなしていた。高島田に平絽の綿帽子が重たげにみえる。

まるで白芙蓉の花のようだと思ったとたん、隣にいた兄の通之進がそっとささやいた。

「花聟《はなむこ》が、そうにたにたするな」

兄嫁の香苗がうつむいて笑っている。

東吾がこの春から、講武所の教授方と、軍艦操練所方に任命されてしまって、与力職を継ぐことが出来ないので、改めて、神林家の家督相続が決ったら、組屋敷の先輩後輩を招いての披露をするという段取りにし、今夜の祝言はごく内輪であった。

畝源三郎夫婦がるいの親代りで、東吾のほうは兄夫婦と宗太郎夫婦、立会人が松浦方《まつうらほう》斎《さい》と斎藤弥九郎というのも型破りであったが、この二人は東吾の剣の師であり、神林家とは親の代からの昵懇でもあった。

武骨な手が三方を運び、素焼の瓦笥《かわらけ》で三三九度の盃事が行われる。

るいの手が慄えているのを、東吾はいじらしいとみつめていた。その東吾も落ちついている心算《つもり》が、盃に歯がぶつかってがちがちと音を立てる。

松浦方斎が朗々と「高砂」の一節を謡《うた》い、

「幾久しく、睦まじゅうお暮しなされ。めでたい、めでたい」

と斎藤弥九郎が締めくくった。

待っていたように、祝いの膳部が運ばれた。

向島の八百善から板前が来て早々と仕度されていたものだ。

その間に、東吾はるいと共に神林家の仏間に行った。

二人揃って香をたむける。

戻って来ると、もう酒になっていた。

「麻生の父上は如何なされた」

斎藤弥九郎が七重に訊いている。

「孫のお守りをして居りますの。乳母にあずけて参りましょうと申しましたのに、それでは不安心だと……。相変らず、いい出したらきかないので困ります」

香苗がとりなし顔でつけ加えた。

「七重が、では父上と宗太郎どのが御出席なさいませと申しましたら、祝言は若い者の行くところだといいましたとか……」

「要するに花世《はなよ》の傍を離れたくないのですよ」

宗太郎が笑った。

「屋敷に居られる時は、花世につきっきりです」

「では近い中に、姫君に御対面をかねて、麻生どのの御意《ぎょい》を得に参ろうか」

松浦方斎がいい、東吾が口をはさんだ。

「生まれた時は猿にそっくりでびっくりしましたが、この節は両親のよい所ばかりをもらったように、なかなかの器量よしですよ」

「それは、たのしみだな」

綿帽子を取ったるいをみて、斎藤弥九郎が目を細くした。

「美しい花嫁御寮じゃ。東吾は果報者だ」

通之進が少し改まって一座の人々に頭を下げた。

「二人を誉めてやって頂きとうございます。殊にるいどのは女の身、長の歳月、さぞ、つらいこと、悲しいこともあったろうと推察致します。よくぞ、今日の日まで待っていてくれたことと、東吾の兄として礼やら詫びやら申したい気持でございます」

「もったいない。私こそ……。お許しを……」

るいが手を突いて泣き出し、女達が涙をこぼした。

「るいどのの父上、母上に、このお姿をおみせしたかったと存じます」

源三郎までが声をつまらせる。

「ともかくもめでたい。これで東吾も一人前じゃ」

松浦方斎が立ち上って謡曲「羽衣」を舞い出し、東吾が慌てた。

「先生、その曲はいけません。天女がとんで行ってしまっては、手前が困ります」

「情ない奴じゃな。天女の首にしっかり綱をつけておけ」

泣いたり、笑ったり、その夜の神林家は更けるまで賑やかであった。

松浦方斎が帰り、斎藤弥九郎が帰り、宗太郎夫婦も本所へ戻った。

「かわせみでは、さぞかし、今夜の首尾を案じて居ろう。二人の晴れ姿を、嘉助やお吉にみせてやるがよい」

通之進にいわれて、東吾は源三郎夫婦と一緒に玄関へ出た。

るいのための駕籠が用意されている。

「ふつつかではございますが、何卒《なにとぞ》、よろしゅう……」

改めて手を支《つか》えたるいに香苗がいった。

「東吾様をよろしくおたのみ申しまする」

通之進が照れくさそうな東吾へささやいた。

「今夜は帰るに及ばぬ」

絶句した東吾をみて源三郎夫婦が笑い出し、香苗も袂を顔にあててしまった。

「どうも、兄上には参ったな」

駕籠について歩きながら、るいに話しかけた。

「今夜の俺は、さんざんだ」

「有難いお兄様ですわ。もったいなくて涙が出ます」

事実、駕籠の中のるいは涙声であった。

「今夜はみんな、よく泣いたな」

女達は当然だが、源三郎も宗太郎も、兄の通之進までが何度も声を詰まらせていた。

そのことを思い出しただけで、東吾自身も鼻の奥が熱くなって来る。

「かわせみ」では大戸を開けはなって、奉公人のすべてが店の外に出ていた。

「長助親分が先触れをして下さいましたので」

嘉助が嬉しそうに声をかけ、お吉は目を真っ赤にしたまま、何度もお辞儀をした。

「どうだ。見てくれ。いい男っぷりだろう」

東吾がおどけて袢をひっぱってみせ、ついて来た源三郎がずけずけといった。

「誰も東吾さんなんか見ていませんよ。今夜の主役はおるいさんです」

「いえ、若先生も御立派でございます。でも、お嬢さんは本当におきれいで……。こんなおきれいな花嫁様は見たことがございません」

お吉が盛大に泣いた。

「神林様から八百善の立派なお重が届きまして、手前共は先程、お祝いをさせて頂きました」

東吾は奉公人達と飲むつもりだったのだが、嘉助がそう告げ、源三郎も、

「おるいさんがお疲れですよ。その中、ゆっくり、東吾さんののろけを聞く会というのをやりますから、飲みつぶれるのはその時に……」

源三郎も長助も早々に帰って行った。

二人の今夜からの新居は離れがあてられていた。

半月前から、そのために大工が入り、風呂や手水場《ちょうずば》を建て増ししてある。

「お湯加減も出来て居ります。若先生からどうぞ」

お吉に案内されて、東吾は檜の香のする風呂場の戸を開けた。湯舟はたっぷりしているし、洗い場も広い。

「これなら、るいと一緒に入れるな」

思わず本音が出て、お吉に、

「若先生ったら……」

ぴしゃりと背中を叩かれた。

のんびり湯舟につかっていると、浴衣に着替えたるいが背中を流しに入って来た。

「ついでに、るいも入ったらいい」

もう夫婦なのだからと、東吾はいいたかったが、るいはいつものように手ぎわよく済ませて、さっさと洗い場を出て行った。

で、仕方なく、東吾もそそくさと風呂を出る。

もう酒はいいからと、麦湯をもらい、団扇《うちわ》を使っていると、入れかわりに湯へ入っていたるいが戻って来た。

「お天気でようございましたって、お吉が……」

風呂場の窓から星がよくみえたといった。

「俺の兄上は、やっぱりたいしたものだと思うよ」

蚊やりと青畳の匂いの中で、東吾が今まで考えていたことを口に出した。

「いつになったら、るいとの仲を許して下さるのかと戦々兢々《きようきよう》だったが、兄上はけじめをはっきりさせたかったのだ。俺が次男坊の冷飯食いのままで嫁を迎えるのでは、俺が可哀想だと思われたのだろう」

神林の家督を東吾にゆずり、与力職を継がせるまではと考えていた兄が、今日の東吾の祝言を決めたのは、そうしなくとも、東吾が講武所の教授方と軍艦操練所方勤務のお役を承るようになって、お上からそれなりの扶持を頂戴する身分になったからであった。

「正直のところ、俺はかわせみの入聟でもなんでもいいと思っていたが、やはり、それが男のけじめなんだろうな」

少くとも、自分の働いたもので女房子が養える。

「私は、まだ夢をみているような気が致しますの」

東吾に団扇の風を送りながら、るいが上気した声でいった。

「こんな日が来るなんて、考えられませんでしたもの」

それが、るいの本当の気持だろうと思いながら、年下の亭主は早速、絡んだ。

「へえ、るいは俺の女房になるなんて夢にも考えなかったのか」

「そうじゃありませんけれど……」

「俺は毎日考えていたぞ。るいの花嫁姿はどんなにきれいだろうと……」

るいが次の間の衣紋かけに掛けてある翠紗の打掛を眺めた。

「もし、私が少しでもきれいにみえたとしましたら、それは、あの打掛のせいですわ」

通之進が自ら呉服屋を呼び、妻の香苗に相談しながら註文したものだということを、るいは東吾から聞いている。

弟の花嫁のために、神林家の家紋を染めた打掛を贈った通之進の情愛を、るいは生涯、忘れまいと思っていた。

「よく似合ったよ。るいが美人だってことは子供の時から承知していたが、これほどだとは気がつかなかった」

「嬉しゅうございます」

女にとって、恋する相手から美しいといわれるほど幸せなことはないとるいがいい、そんなるいを東吾は天下晴れて抱きしめた。

二

翌早朝、東吾はさしむかいで朝餉《あさげ》をすませ、着替えをして、るいと二人で神林家へ行った。

通之進は出仕前で、香苗のお点前《てまえ》で朝の一服を喫しているところであった。

朝の挨拶と昨日の礼を東吾が述べ、

「一服、如何でございますか」

という義姉の勧めを慌てて断って、奉行所へ向う兄と一緒に屋敷を出る。

その東吾を見送って、るいは「かわせみ」へ帰って来た。

ちょうど出立して行く客があったので、それに挨拶をして、帳場へ上ろうとすると、そこに、ぼつぼつ五十になろうかと思われる品の良い侍が嘉助と話をしていた。

るいをみて、嘉助がすぐに紹介した。

「こちら様は昨晩、お泊り頂きました本田様でございます」

るいは丁重に頭を下げた。

「当家の主でございます。ゆっくり、おやすみになれましたでしょうか」

「おかげでくつろがせてもらった」

侍の客は、「かわせみ」にとって珍しかった。

「本田様は、江戸は二十年ぶりだそうでございます」

このあたりのことをお訊ねになりたいとかで、と嘉助にいわれて、るいは居間へ案内した。

東吾との新居が離れになったので、それまでのるいの居間は東吾の友人達のための客間として模様がえをした。床の間の掛物もいけてある花も、どことなく武家風になっている。

それらを目にして、侍が訊いた。

「当家は、もと八丁堀の組屋敷にかかわりがあるようじゃが……」

るいは茶の仕度をしながら微笑した。

「歿《なくな》りました父が、奉行所に御奉公して居りました」

「八丁堀あたりは焼けなかったのか。天保五年二月の大火のことだが……」

るいがあっけにとられ、嘉助が侍にいった。

「お嬢様は、その時分、まだ幼うございましたから……」

侍が苦笑した。

「これは迂闊《うかつ》を申した」

自分は天保四年の秋まで江戸在勤であったといった。

「国許に大事があって帰国致し、翌天保五年の春、殿様のお供をして出府したところ、このあたりは焼野原であった」

嘉助が話を引き取った。

「あの年の大火は佐久間町の琴屋から出火した筈でございます。柳原からこの先の霊巌島、鉄砲洲へ延焼致しまして……」

当時の落首に、
江戸前は大蒲焼と成りにけり
南と北を一串《ひとくし》にして
というのがあったと、嘉助の記憶は例によって鮮やかであった。

「そこもとは、その頃、どこに居ったのか」

本田という侍が訊き、

「八丁堀でございます」

「では、霊巌島に播磨屋次郎兵衛と申す畳表問屋があったのは知らぬか」

「播磨屋でございますか」

嘉助が考える目になり、侍が、

「越前堀のすぐ近くであったが……」

とつけ足した。

越前堀というのは八丁堀と霊巌島の間を流れている川のことで、近くに松平越前守の中屋敷があったために、その名がついた。

「ああ、たしかに……。播磨屋と申す畳表問屋がございました。先代が播州の出身ということで……。娘さんが播州のお大名の江戸屋敷へ御奉公に上っていたような話をおぼえて居ります」

侍の表情が変った。

「その播磨屋は、今、どこに行って居ろうか」

天保五年に出府して来て、行方を探したが、とうとうわからずじまいだったという。

「なにしろ、蔵まで焼け落ちていて、近所でたずねても、立ちのき先も知らぬといわれたのだ」

「そう申せば、播磨屋はあれっきり、元のところに店を出しませんでした」

そういう家も随分あったと嘉助は話した。

「やはり、主人や家族が焼け死んだり致しますと、なかなか再興が難しゅうございまして……」

「次郎兵衛は焼死いたしたのか」

「さあ、それは存じませんが」

その時の大火事では八丁堀の組屋敷も北側が焼けたが、神林家やるいの実家は別状がなかった。

「あの時分からみますと、この界隈も町の区割がかなり変りました」

「そのようだな。昨日半日歩いてみたが、昔の面影を残すのは、川ばかりであった」

「お客様は、播磨屋をお探しでございますか」

るいが訊き、侍は僅かばかりためらったが、やがて重い口調でいい出した。

「人にものをたずねるのに、こちらがかくしごとをしているのでは埒《らち》があかぬ。正直に申そう」

播磨屋の娘、おはつというのが奉公に上っていたのは、姫路藩主酒井家の中屋敷であったと打ちあけた。

「拙者は、酒井家家臣、当時はまだ父の代にて馬廻り二百石であった」

分別盛りの顔にかすかな羞恥の色を浮べ、侍は再度、苦笑した。

「こう申せば、およそ推量されると思うが、拙者と播磨屋の娘とは、その頃の知り合いにて、いわば末を誓った間柄であった」

とはいっても、それは二人だけのことで、どちらも親にいい出せない中に、男のほうはその年の播州一揆《いっき》で急遽、国許へ帰った。

「翌年、江戸へ戻ってみれば、大火のあとであった」

手を尽して消息を訪ねたが、まるで手がかりもなく、その年の暮に江戸詰から在藩組に配置がえとなって、以来、江戸へ出てくる機会がなかった。

「たまたま、本年、所用があって出府致したので、昔がなつかしく訪ねて来たのだが……」

江戸滞在はおよそ一カ月、その中にもし播磨屋一家の消息が判明すれば、と、果《はか》ない望みを持っている。

「今日よりは姫路藩江戸上屋敷のほうへ参るが、もし、僅かな手がかりでもあれば、是非、知らせてもらいたい」

慇懃《いんぎん》に会釈をされて、るいはなんとなくうなずいてしまった。

「承知いたしました。何分にも古いことでございますから、どれほどの手がかりがあるか存じませんが、出来るだけのことは致してみましょう」

侍は喜んで、やがて「かわせみ」を出立して行った。

「無理かも知れませんよ。あの時の大火事は、かなりの人が焼け死んだといいますから……」

お吉までがその話を聞いて首を振る。

その日、東吾は夕七ツ半（午後五時）に大川端へ帰って来た。

「お早いお帰りですこと……」

いそいそと出迎えたるいは、もう夕化粧がすんで撫子《なでしこ》のぼかしの絽の着物に博多献上をゆったり締めている。

講武所は剣術が奇数日、槍術が偶数日で、朝の四ツ（午前十時）から夕七ツ（午後四時）までと決っている。

従って、東吾が七ツ半に大川端へ帰って来たのは、どこにも寄らずまっしぐらという証拠のようなものであった。

「講武所の連中は、俺が祝言をしたことを知らないんだ。世話心得の連中が、俺がいやに張り切っているといいやがってね」

講武所では上から師範役、教授方、世話心得、世話心得助《すけ》といったふうに教える側の名称が決っている。

教授方の中では、東吾が一番年が若いということも知っているるいとしては、なにを聞いても、わが亭主が頼もしく思えて、つい顔がほころびる。

「宿屋稼業はいいのか」

つきっきりのるいに、東吾は心配したが、

「なにかあれば、お吉がいいに来ますもの」

二人の新所帯の離れから、るいは出て行く気がまるでない。

一風呂浴びて、飯になるまでの間に、東吾は、るいから二十年前の大火の一件をこと細かにきかされた。

「なんて名前なんだ。その姫路藩の侍は……」

「本田藤七郎様とおっしゃるんです」

「お女中のほうは……」

「おはつ様ですって……」

「江戸勤番の若侍と、奥女中の不義か。うっかりするとお手討ものだぞ」

「そんなこともございませんのでしょう。親御様のお許しがあって、殿様、奥方様にお願いすれば、夫婦になれないこともございますまい」

「みんながみんな、そうさばけた人間ばかりとは限るまいが……」

「むずかしいのでしょうか」

「不義はお家の御法度《ごはっと》というからな」

それにしても、女のほうは大火の時、実家へ帰っていたのだろうかと、東吾は訊いた。

「姫路十五万石、酒井家の中屋敷は……」

「日本橋蠣殻町《かきがら》ですって」

打てば響くように、るいが答えた。

「嘉助が本田様からうかがったそうです」

「手があいてるようなら、嘉助を呼べよ。そのほうが話が早い」

るいが立っていって、やがて、嘉助が来た。

「おはつ様とおっしゃるお女中は、大火の時には蠣殻町の中屋敷にいたそうですが、実家が焼けてお暇を取ったらしいのでございます」

酒井家の中屋敷のほうは無事であった。

「日本橋の北側の町屋は、ほとんど瓦礫《がれき》の山になりましたが、川っぷちの大名家は、敷地も広うございますし、お抱えの火消の手も揃って居りますから……」

類焼を食いとめることが出来る。

「手前も、本田様のお話をうかがってから、つくづく思い出したのでございますが、あの時の火事はひどうございました」

八丁堀の組屋敷のほうから大川を見渡すと、

「ぽつん、ぽつんと焼け残りの蔵がみえますくらいで、なんにもなくなって居りました」

お吉が飯櫃《めしびつ》を運んで来たので、東吾が訊いた。

「その時分、お吉はもう八丁堀にいたのか」

「嫁入りが決ってお暇を取る、ちょっと前だったんです。運がよかったって、みんなにいわれましたよ。嫁入りしてたら、焼け出されてましたもの」

「どこだったんだ」

「堀江町でして、すぐ前が川でしたから、大丈夫なんていってたそうですが、火が川を渡って来たっていいますもの」

丸焼けになったが、その年の中に店を建て直した。

「歿った旦那様のおかげなんです。そりゃよくして下さいまして……」

るいの父親の親切を、お吉はなつかしそうに感謝した。

「天保五年というと、お吉はいくつだった」

「十五を越えていましたよ」

「するってえと今は……」

「よして下さいよ。そういう算用は女の前でなさらないものですよ」

手を振って逃げて行った。

「播磨屋は再建が出来なかったのだろうな」

「そうだと思います」

おそらく、土地を処分してどこかへ行ったか、もともと借りていた地所だったのか。

「成程、おはつを探すのは容易じゃねえな」

第一、その時分、二十そこそこだったとしても、四十近く、

「生きていたとしても、独りではあるまいよ」

本田藤七郎にしても、

「女房子があるのだろう」

「お国許に、大きなお子があると、嘉助におっしゃったそうです」

「それじゃ、探したって仕方がないだろう」

「探してどうするってことじゃないと思いますよ。昔の恋人が生きているのか、死んで

しまったのか、もし、生きているとしたら、どんなふうに暮しているのか、知りたいと思うのが人情じゃありませんか」

「そうかねえ。俺はあんまり好かねえが……」

「ばったりお会いになったら、困る人でもあるんですか」

「よせよ。くだらねえ」

新しい夫婦は、なにをいっても他愛がなくて、

「るいのところでぐうぐう寝ちまっても、夜中に八丁堀へ帰らなくてもいいっていうのが、こたえられないなあ」

東吾はえらく満足している。

翌日は築地の軍艦操練所の勤務で、仕事が終った帰りに東吾は越前堀へ行ってみた。

亀島橋の上から眺めると、霊巌島町というのは富島町と長崎町に挟まれた区割で、ぶらぶら歩いて町内へ入ると、蠟燭問屋、藤田安右衛門だの、御饅頭元祖之家、塩瀬だのがあり、変ったところでは藍玉《あいだま》問屋が二軒、それに下り酒問屋が三軒、他に醬油酢問屋だの、明樽問屋が軒を並べている。

「東吾さん、なにをしているのですか」

畝源三郎の声がして、東吾は足を止めた。

長助が供をしているところをみると、この近くに用事があったのか、

「この先の中川という蕎麦屋の悴《せがれ》が昨夜、大怪我をしましてね」

立ち話になりそうになったので、東吾は誘った。

「かわせみへ来ないか。ちょっと頼みたいこともあるんだ」

「まさか、もう、おるいさんと喧嘩をして、とりなしてくれというんじゃないでしょうな」

「源さんじゃあるまいし……」

以前と変りなく、憎まれ口を叩きながら「かわせみ」へ入る。

違ったのは、るいが三つ指をついて、

「お帰り遊ばせ」

と出迎えたことで、東吾のほうも堂々と、

「今、戻った」

昨日今日の亭主ではない顔をしてみせる。

「長居はしません。なんでも知りたがり屋の東吾さんに、女郎屋が焼けるとこうなるという話をしたら帰ります」

源三郎はなにも要らないと手を振ったが、るいは手早く酒肴を運んで来て、長助にまでお膳が出た。

「枝豆が食べ頃なんです。なんにもありませんけれど……」

お吉が愛想よく顔を出す。

「女郎屋が焼けたって、どこの女郎屋だ」

盃を取って、東吾が話の催促をし、源三郎が大袈裟に驚いた。

「東吾さんは昨夜の火事を御存じないのですか」

「あたしは知ってますよ」

お吉が威張った。

「明け方でしたけど、お手水《ちょうず》に起きたら川のむこうが赤くなってて、番頭さんに声をかけようと思ったら、もう外に出ていて……橋までみに行ったが、たいしたことはなさそうだって帰って来たんです」

「どこだったんだ」

「本所緑町です」

源三郎がいい、長助がつけ足した。

「女郎屋が三軒焼けただけでして、川のこっちじゃ知らなかった者が多いくらいで……」

「そうだろう」

東吾が嬉しそうにるいを眺めた。

「俺なんぞ白河夜船で半鐘の音も聞きやしなかった」

「岡場所の火事は、とかく厄介でして……」

故意に真面目くさって、源三郎が続けた。

「殊に明け方ですと、誰かさんのように白河夜船でして……」

「霊巌島の蕎麦屋の悴は、遊びに行ってて怪我をしたのか」

東吾はひたすら、源三郎を無視して長助に訊く。

「そうなんです。二階からとび下りて、腰の骨を折りまして……。なにせ、親父が固い男なんで、もうかんかんに怒っちまいまして、勘当だのなんだのと……」

「それで長助親分がとりなしに行ったのか」

「何分にも、御同業のよしみがございますんで……」

「しかし、災難だったな、よりによって……」

「東吾さんも気をつけることですよ。大体、江戸は大火事が多いんです」

「その大火事だが……」

天保五年に焼けてしまった霊巌島町の播磨屋を知らないか、と東吾が話を飛ばして、源三郎がぽかんとした。

「天保五年ですか」

「源さんも俺も、まだ餓鬼だ。火事のことすらおぼえちゃいまい」

「播磨屋が、どうかしたんですか」

今度は、るいの話す番で、しかし、源三郎も長助も、まず頼りにならない顔をした。

「焼けちまって店がそれっきり出来なかったってことは、一家が全滅したからでしょうな」

「娘が一人、少くとも生きてた筈だ」

「家族が死んじまったら、娘一人じゃどうしようもないでしょう」

「元のお屋敷へ戻れなかったんでござんしょうか」

長助が口をはさんだ。

「どうも戻っていないようなんだ」

「するってえと、これは天保五年の火事の時のことじゃありませんが、五、六年前、深川の火事の時に、親父さんが大火傷《おおやけど》をして、その看病に二、三年もかかって、とうとう嫁に行きそびれた娘の話がございます」

父親が寝たっきりだから、店も再建出来ず、娘と二人、向島のほうで暮していたが、結局、父親が歿って、

「娘は秩父のほうの親類を頼って行ったそうですが、それっきりです」

播磨屋のおはつも似たようなことだったかも知れないといわれて、なんとなく、みんなが納得した。

「あのあたりの古い家で心当りがないか訊いてみますが、まず、無駄でしょう」

源三郎がいい、その話はそれきりになった。

三

七月になって、東吾が本所の麻生家へ行ったのは、松浦方斎が正吉《しょうきち》を供にして江戸へ出て来たからであった。

「珍しくはないが……」

と、見事な瓜《うり》や茄子《なす》、枝豆や大根、芋などを籠に入れたのを馬に積み、その手綱をひいて来た正吉は、ちょっとみない中に背が伸びて、すっかりたくましくなっている。

正吉を「かわせみ」へおいて、今度は東吾が手綱を取り、方斎と本所へ行った。

麻生源右衛門《げんえもん》は屋敷にいて、思いがけない旧友の訪れに相好《そうごう》を崩した。

老人二人のもてなしを七重にまかせて、東吾が離れに行ってみると、宗太郎が薬を練っていた。

麻生家の離れは少々改造して、宗太郎の医療のための部屋になっていた。

患者が三、四人、いずれも白い布を体のあちこちに巻いたのが、待ち合いになっている土間の腰掛にすわっている。

入って来た東吾をみて、宗太郎が笑った。

「ぼつぼつお出でになる頃だろうと思って、薬を作っておきましたよ」

「なんの薬だ」

「夫婦和合の薬ですよ」

「馬鹿」

「いや、大真面目。夫婦揃って暑気あたりのせぬよう、疲労は翌日に持ち越さぬよう……。それが夫婦円満、家内安全の秘訣ですよ」

「参ったな」

強い匂いのする塗り薬を指した。

「それは、なんだ」

「火傷《やけど》の薬ですよ。本所緑町の岡場所が焼けましてね」

そういえば、ここも本所の中であった。

「火事見舞に来るのを忘れていた」

「なに、たいした火事じゃありませんでした。ここからはけっこう遠いんです」

「患者は娼家の連中か」

待っていたのは女ばかりであった。

「なにしろ、着ているものを着ていなかった分、火傷をしています」

少し待ってくれといい、宗太郎は次の間へ行って、患者を一人一人、呼んでは薬を取りかえてやっている。

若い女の中に、一人、かなりの年のがいた。

腕の治療をしてもらっている。

娼妓にしては大人しすぎる顔立だな、と東吾はさりげなく眺めていた。

女に宗太郎が訊いた。

「いつ、木更津のほうへ行くんだ」

「二、三日中に迎えが来ます」

「行く前に、必ず寄れよ。薬を持たせてやるから……」

「すみません」

という声が悲しかった。

ひっそりと挨拶をして帰って行く。

娼妓にしては、行儀がよいと東吾は思った。

「今の、年はいくつぐらいだ」

「ぼつぼつ四十ですかね」

「木更津へ行くっていってただろう」

「住みかえって奴でしょう」

緑町の岡場所は、お上がこの際、取り潰したい意向なので焼けた娼家の再建のお許しが出ないのだと、宗太郎は話した。

「妓達は他の岡場所へ移るのが多いらしいですよ」

「木更津はひどいな」

「あの年では、仕方がないでしょう」

「名前は、なんていうんだ」

「店では初菊、本名はおはつだそうです」

東吾は、なんとなくもう患者の一人もいなくなった土間をみた。

「江戸生まれか」

「さあ……」

「まさか違うだろうな」

おはつという名前はどこにでもある。いくら零落したといっても、畳表問屋の娘が、という気持であった。

七重が二人を呼びに来た。

老人のほうは、すっかり酔っている。

麻生家へ泊ることになった方斎を残して大川端へ帰る途中、東吾は長寿庵へ寄って、長助に、初菊のことを話した。

「よもやと思うんだが……」

一応、身許を調べてくれと頼んだ。

長助は気持よく承知したが、翌日の夕方、「かわせみ」へやって来ての返事は、

「もともと、木更津の生まれだそうでして、漁師の娘だと申します」

親が病気で身売りをし、岡場所を流れ歩いた。

「抱え主の話ですと、緑町へ来る前は品川にいたそうでして、おとなしい人のいい女だが、いつまで経っても素人臭えところが抜けないで、男に欺されてばかりいるようで……」

年も三十八になっているし、さきゆき、あまりいいことはあるまいと長助もいう。

が、更に二日後、講武所の帰りに越前堀のところまで来ると、女が一人、ぼんやり川っぷちに立っている。

どこかでみたと思い、東吾はそれが、宗太郎の施療所で会った初菊だと気がついた。

初菊がみているのが霊巌島町の方角だとわかって、東吾は傍へ寄った。

「お前、播磨屋のおはつじゃないのか」

女がぴくりとして、東吾をみた。

「そうなんだろう。昔、姫路藩の中屋敷で女中奉公していた」

急に女の口から高笑いが起った。

可笑《おか》しくて可笑しくてたまらないように、下品に腰をゆすって笑いながら、女はすたすたと一之橋を渡って行った。

かわせみへ戻って来ると、るいが七夕《たなばた》の仕度をしている。

「今夜、兄上様と姉上様がおみえになりますの」

上気した顔で告げられて、東吾はあっけにとられた。

「なんだと……」

「嘉助もお吉も、舞い上ってしまって……」

早く着替えをして下さい、とせき立てられて、東吾は離れへとんで行った。

兄夫婦は六ツ半（午後七時）に、「かわせみ」へやって来た。

二人とも徒歩である。

「これは、なかなか、よい宿だな」

帳場から眺めて、通之進は機嫌がよかった。

居間へ落ちつくと嘉助、お吉と奉公人が一人ずつ呼ばれ、各々に引出物がある。

兄が弟のために、「かわせみ」へ挨拶に来てくれたとわかって、東吾は胸が熱くなった。

板前が緊張してしつらえた膳が運ばれ、あまり酒をたしなまない通之進が盃を取る。

大川からの風に七夕の短冊が揺れ、東吾にも、るいにも忘れられない良い夜になった。

兄夫婦が帰ってから、るいはそれまでこらえていた嬉し涙を思いきり流し、嘉助もお吉も泣きっぱなしで、とうとう、東吾は越前堀で会った初菊のことを話しそびれた。

で、翌日、軍艦操練所の帰りに深川の長寿庵へ行ってみると、宗太郎が来ていた。

初菊が木更津へ発ったという。

「薬を取りに来るよう、あれほどいっておいたのに、とうとう来なかったんです。もしやと思って緑町へ行ってみたら、そこで長助に出会いましてね」

ついでというのも変だが蕎麦を食べに寄ったといった。

「なんだか、気になる女だったんです」

あっちこっち岡場所を流れて来た女にしては、どこか品がよかった。

「長助は、漁師の娘だと聞いたそうだが、どうも、そうとは思えない」

東吾はなにもいわなかった。

宗太郎につき合って、蕎麦を一枚だけ食べ、長寿庵の前で右と左に別れた。

永代橋を渡り、大川端を横にみながら越前堀の近くまで行ってみる。

あの女が、もし、播磨屋のおはつだとして、どうして彼女は長助に嘘をいったのだろうと考えた。

東吾が、ここで播磨屋のおはつだろうといった時、彼女は故意に品のない大笑いでごま化した。

あれは、播磨屋のおはつであることを拒絶した笑いだったと思う。

初菊のことを、姫路藩上屋敷にいる本田藤七郎に知らせてやったものかどうか、東吾は長いこと、越前堀のほとりで水の流れをみつめ続けていた。

お富士《ふじ》さんの蛇《へび》

一

「蛇は魔性のものっていいますが、藁《わら》で出来た蛇が人殺しをするなんてことがありますかね」

一日の暑さが漸《ようや》くおさまりかけた感じの午下《ひるさが》りに、軍艦操練所から帰って来て一汗流した東吾が浴衣姿で西瓜《すいか》を食べていると、顔中汗になった畝源三郎が長助と一緒に入って来た。

せっせと西瓜の種子を除《と》っていたるいがすぐに台所へ行って、よく冷えたのを二人分、お吉に運ばせる。

「源さんほどの捕物名人でも、暑さでぼけることがあるんだな」

るいの渡した手拭で口のまわりを拭きながら、東吾は快活に笑った。

この友人が故意に馬鹿馬鹿しいことをいってやって来るのは、東吾を事件にひっぱり出したい時と、そこは長年のつきあいでちゃんと承知している。

「つまらないことで新所帯をおさわがせするのも恐縮とは思ったんですが、どうも、長助が困り切って居りますので……」

西瓜に塩をふりながら、源三郎はあくまでも神妙である。

「いったい、どこの頓馬野郎が藁の蛇なんぞで殺されたんだ」

「お言葉ですが、野郎じゃありません。女です」

東吾さんは駒込の富士浅間神社を御存じですか、と源三郎は西瓜にかぶりつきながら訊いた。

「駒込のお富士さんでしょう」

と応じたのは、麦湯を持って来たお吉で、

「あそこは厄除けに効くんですよね。随分と前にお嬢さん、じゃなかった御新造さまと行きましたよ」

るいがお吉を軽く睨んだ。

「随分と前で悪かったわね」

女の厄年は十九である。

「かわせみ」では、祝言以来、東吾が、

「もうお嬢さんはないだろう。御新造さんと呼べよ」

と張り切っているので、嘉助とお吉もその心算《つもり》になったものの、長年の習慣は一朝一夕には改まらない。

富士山に対する信仰は江戸でも盛んで、駿河まで出かけて富士登山をし、御神容を拝むのが一番だが、そこまで出かけられない人々のために、あちこちに富士浅間神社があり、境内には富士山を模した築山があって、その山頂に浅間神社の祠《ほこら》をおいて、そこへ登って礼拝するので代用する。この築山を「お富士さん」と呼び、それからひっくるめて浅間神社そのものも「お富士さん」と愛称するふうがあった。

「まさか源さん、厄年じゃあるまい」

「かわいそうなことをいわないで下さい。四十には、まだだいぶ間がありますよ」

親友二人のやりとりをやきもきして聞いていた長助が遂に口を出した。

「そのお富士さんの浅間神社で厄除けに藁で細工した蛇を売って居りますんで……」

「買いましたよ」

お吉が答えた。

「うちのお嬢さん……いえ、御新造さまと行った時、ちゃんと買って来て……あれは、台所にぶら下げておくと火除けにもなるし、夏の日照りになっても井戸が干上らないそうですよね。ずっと、荒神《こうじん》様のお札と一緒にぶら下ってましたけど、どこへ行っちまったのかしら……」

「いい加減にしなさいよ。もう何年も前のことを……」

るいがつんとして、東吾が長助へ助け舟を出した。

「殺されたのは誰なんだ」

「へい……」
二、三遍、頭を下げて嬉しそうにいった。
「神田同朋町の吉野屋という小間物屋の娘で、お初といいますのが……」

「いつだ」

「昨日の夜じゃねえかと……神田明神の崖下で死んでいるのがみつかったのは今朝なんです」

「神田は親分の縄張り違いだろう」

「ですが、同業の……明神下の千歳蕎麦っていうのがちょいとひっかかって居りまして」

「下手人だとでもいわれてるのか」

「そうでもありませんが、どうも困ったような按配でして……」

東吾がちょっと縁側から空を見上げるそぶりをした。

「今からなら、夕飯までに帰れるな」

次の間へ立って行くと、るいがすぐ乱れ箱を持って来た。上布《じょうふ》の着流しに大小をやや落し差しにして、

「行って来る」

「かわせみ」の裏木戸から、るいとお吉に見送られて外へ出た。

源三郎と長助がいそいそと後につく。

「実は今日が講武所の稽古日なら、お帰りを待っていて、と思ったんですが、あいにく築地のほうとわかったものですから……」

少しばかりいいわけがましく源三郎が肩を並べる。

東吾は今のところ一日おきに講武所の稽古と、築地の軍艦操練所勤務となっている。

「気を遣うなよ、源さん。ここんところ、いささか退屈だったんだ」

朝は定った時刻に「かわせみ」を出て、講武所へ行くにしろ、軍艦操練所へ向うにしろ、午すぎまで真面目に勤めて、終るとまっしぐらに「かわせみ」へ帰って来る。

「るいの顔をみている分には飽きないが、単調すぎてむずむずする。八丁堀育ちってのは貧乏性に出来てるらしいな」

「そういうのろけをきかされなけりゃ、東吾さんはいい人なんですがね」

豊海《とよみ》橋の袂から猪牙《ちょき》で、いい具合に向い風だから涼しい。

「早速だが、その殺された小間物屋の娘と、長助の知り合いの蕎麦屋とは、どういったかかわり合いなんだ」

東吾に訊かれて長助が近くへ寄って来た。

「そもそもっていうのも可笑《おか》しゅうございますが、駒込のお富士さんへみんなを連れて行ったのが、千歳蕎麦、松屋と申しますんですが、そこの娘なんです」

松屋というのは、もう五代も続いている老舗だが、

「一昨年、親父が歿《なくな》って、悴が跡を継いで居ります。六兵衛といいまして名前は爺むそうございますが、まだ二十六……おたまというのがその妹なんで……」

親の代からの富士山信仰で、おたまは昨年が厄年だったので、駒込のお富士さんへお詣りに行った。

「おかげで、まあ何事もなく一年過しましたそうで、そのことを近所の娘連中に話したら、吉野屋の娘と大和屋の娘などが今年十九で、それじゃあってんで、先月一日に駒込へ行って来たわけでして……」

その時に厄除けで授かって来た藁細工の蛇で吉野屋のお初が首を締められて死んでいた。

「お初の親が、お富士さんへ誘ったのは、おたまだと申しましたそうで、あのあたりの縄張りの善七といいますのが千歳蕎麦へ来まして、六兵衛は気の弱い奴ですから蒼《あお》くなって商売も手につかねえで居ります」

お富士さんへ誘ったからといって、別に悪気があったわけではなし、一刻も早く下手人を挙げて六兵衛兄妹を安心させてやりたいと長助は義俠心を出している。

「善七というお手先は、どんな奴だ」

源三郎が笑った。

「可もなく不可もなく、あまり頭がいいとはいえません」

神田川を上って昌平橋の近くで猪牙から上った。

聖堂の屋根に西陽が当っている。

同朋町の吉野屋は通夜の仕度をしていた。

入口のところに突っ立っていた小肥りの男が畝源三郎をみて驚いた顔をした。善七である。

「その後、変ったことはないか」

源三郎のほうから声をかけると、

「へえ、別に……」

そう早くに下手人の目星がつくかといった表情である。

「長助が同業のよしみで千歳蕎麦の兄妹のことを心配しているんだ」

長助が源三郎の言葉の尾について訊いた。

「まさか、六兵衛やおたまに疑いがかかってるわけじゃあるめえな」

「深川の……」

善七が口をまげた。

「お前さんにゃ悪いが、そうでもねえんだ」

「なんだと……」

「今のところ証拠がねえんで、なんともいえねえが、ここの旦那はおたまがあやしいといってなさる」

「どうして、おたまが……」

「六兵衛は殺されたお初に気があったようだぜ」

「なに……」

「知らねえのかい。六兵衛とおたまは表向き兄妹ってことになってるが、おたまは歿った先代の内儀さんの遠縁の娘だそうだ。恋の怨みとなると、娘っ子はなにをするか知れたもんじゃねえ」

奥から町内の鳶《とび》の頭《かしら》が顔を出した。源三郎をみて、

「旦那、仏さんが湯灌場《ゆかんば》から帰って来ましたが……」

と知らせた。

「みせてもらおうか」

東吾がいい、源三郎と一緒に店の裏へ廻った。

住いになっているほうの玄関を入り、頭の案内で奥の部屋へ行くと、白い経帷子《きょうかたびら》を着せられた娘の死体がとりあえず布団に寝かされている。傍に医者がいた。湯灌場まで立ち会って来たらしい。

「玄庵先生です」

源三郎が東吾を引き合せた。

「お初の死体がみつかった時、検屍をお願いしました」

東吾が初老の医者に訊ねた。

「仏さんは藁の蛇で首を締められていたそうだが」

玄庵が薬籠の包の中から懐紙に包んだものを取り出した。

藁細工の蛇である。

「これで首が締められますか」

手に取って東吾がいう。

「無理でしょう。おそらく手拭のようなもので締めて、あとから、これを巻きつけたと思います」

何故、そんなことをしたのかはわからない。

「他に、体に傷は……」

「湯灌場で一応、あらためましたが、なかったように思います」

東吾が娘の首のあたりをみた。細い痕が残っている。手拭をぐるぐる巻いたものか、或いは紐《ひも》のようなもので力まかせに締めたようであった。

お初という娘は、なかなかの器量よしである。小柄でふっくらした体つきが死体でなければ、さぞかし色っぽいだろうと思われた。

「手前が今朝方、検屍を致しました時には、怖ろしい形相をして居りました。人生これからという時に、気の毒なことでございます」

玄庵が軽く瞑目《めいもく》して、それをきっかけに東吾は部屋を出た。

吉野屋仁兵衛は店と住いをつなぐ廊下のところで奉公人に指図をしていたが、源三郎と東吾をみると大股に近づいて来た。

「お役人様、下手人はまだ捕まりませんか」

東吾が前に出た。

「お初がみつかったのは今朝だそうだが、姿がみえなくなったのはいつのことだ」

「それがよくわかりませんので……」

「わからぬ」

「へえ」

視線を落して続けた。

「手前が、昨夜、帰って参りますのが遅うございまして……てっきり、娘はもう自分の部屋で寝ていると思いましたので……」

「しかし、奉公人はいただろう」

「女中が二人居りますが、たよりないことばかり申しまして……」

「その二人を呼んでくれ」

不承不承、仁兵衛が手を叩き、善七が傍からいった。

「飯炊き婆のおつねも、女中のおまさも四ツ（午後十時）から先のことはなんにも知っちゃあいませんよ」

東吾がうなずいた。

「そうだろうな」

廊下をおどおどとやって来たのをみると、おつねは四十がらみ、おまさは十七、八、どちらも痩せている。

「昨日、お初は一日中、家にいたのか」

のんびりした口調で東吾が訊き、おつねが答えた。

「お稽古に出かけましたよ」

「なんの稽古だ」

「茶の湯です」

仁兵衛が苛々と口をはさんだ。

「娘はこの春から水道橋の近くの秋峯庵宗月先生のところへ参って居ります」

東吾がそれを無視した恰好で、おつねに訊いた。

「でかけたのは、何刻《なんどき》だ」

「お午すぎです」

「その前は……」

「髪結いが来たり、お昼を食べて着がえをして……」

「供はつかないのか」

「お隣の大和屋のお嬢さんと一緒だから、誰もついて行きませんよ」

「帰って来たのは……」

「暮六ツ（午後六時）ぐらいです」

「それから……」

「お湯に入って、御膳をあがって、自分の部屋へ入りました」

「お初の部屋は……」

「あそこです」

廊下が鉤《かぎ》の手に折れた奥の部屋で、台所からはかなり遠い。

「店の奉公人が奥へ来ることはないのか」

「番頭さんは通いですし、忠吉さんと三之助は夜の御膳を食べに台所へ来ますけど、そのあとは店の二階へ行っちまいますから……」

仁兵衛が口を出した。

「男どもには用のない時は奥へ来るなと申してあります」

「昨夜、帰って来た時、どこから入った」

矛先が急にむいて、仁兵衛がへどもどした。

「裏口で……」

「桟は下りてなかったのだな」

「へえ」

「お初は裏口から出て行ったのだろう」

「おそらく……店のほうは閉まって居りますので……」

「しかし、物騒だな、遅くに帰るのに裏口を開けておくのは……」

「いえ、いつもは閉まって居ります」

裏の枝折戸《しおりど》から入って庭伝いにお初の部屋の前へ行って雨戸を叩き、

「娘が裏口を開けてくれますので……」

「昨夜に限って、裏口が開いていたのだな」

「多分、おつねが閉め忘れたと……」

おつねが口をとがらせた。

「あたしは閉めましたよ。お嬢さんが開けて出て行ったから……」

東吾がおつねとおまさを等分にみた。

「二人とも、お初の出て行ったのはまるで気がつかなかったのだな」

うなずくのをみてから善七をふりむいた。

「今朝、お初が死骸でみつかった時は、なにを着ていた」

「なにって……白っぽい、ごく当り前の……」

おまさが顔を上げた。

「桃色の絽の着物です。つい、こないだ呉服屋が届けて来た……桔梗《ききょう》の花が裾のほうに描いてある……」

「帯は締めていたのか」

「はい、浅黄の博多帯でした」

「稽古から帰って来て、風呂へ入ったといったな」

「ええ……」

「湯上りには、なにを着ていた」

「浴衣です。おっこち絞りの……」

流石《さすが》に若い女だけに着物や帯をよくみている。

「すると、自分の部屋へ入ってから着がえたわけだな」

「そうだと思います」

店のほうから一目で番頭と思われる初老の男が、でっぷりした商家の旦那と若い女を案内してきた。

「旦那様、大和屋さんがお悔みにお出で下さいました」

吉野屋仁兵衛がそっちへ近づき丁重に挨拶した。

「隣の大和屋惣右衛門と娘のおたかです」

心得顔に善七が源三郎と東吾にささやいた。

「なかなかの器量よしじゃないか」

東吾がいい、

「ここいらの若い連中が集ると、神田小町はおたかかお初かってんで、よくもめたもんですが……」

その一人は無惨な死体になってしまった。

吉野屋を出て、東吾の足は神田明神へ向った。その通り道に大和屋がある。

一橋様御用の重々しい看板が店の格式を誇示しているようだが、商《あきな》っているものは伽《きゃ》羅《ら》之油とか松の友白粉とか女の化粧道具であった。

同朋町の花柳界をひかえているから、吉野屋にしろ、大和屋にしろ繁昌している様子である。

「好《す》き好《ず》きだな」

歩きながら、東吾が一人言のようにいった。

殺されたお初はぽっちゃり型だったが、おたかは細面ですらりとした体つきをしていた。

「お初の贔屓《ひいき》と、おたかの贔屓と、どっちが多かったんだ」

善七がくすぐったそうに小鬢《こびん》に手をやった。

「まあ、正反対でございましたから……」

お初は人なつこくて、誰にでも愛敬がいい。

「それを尻軽だとけなす奴もいますし、おたかを上品ぶっていてとっつきにくいというのも居りまして……」

「あの娘、武家奉公でもしていたんじゃないのか」

「よく、おわかりで……一橋様の奥向きに一年ばかり御奉公に上ってまして、まあ、嫁入りの時の箔《はく》づけのためでしょうが、それでお高くとまってやがるという奴がいます」

神田明神の参道の入口に千歳蕎麦、松屋がある。店は開けているものの、ひっそりしていた。

「お初の殺されていた場所はどこだ」

東吾が訊き、善七が先に立った。

本殿の裏へ廻ると杉木立があり、その先に玉垣がみえる。玉垣のむこうは崖で斜面は夏草が茂っていた。

「この下なんで……」

善七が指したのは崖の真下で、そこは空地で、やはり草が子供の背丈ほども伸びていた。

崖の斜面にはところどころ足がかりになるように草が踏みつけられていて、すべりやすいが崖下へ下りられないこともない。

「子供がここを登ったり、下りたりして遊ぶようでして……」

先に崖を下りかけた善七が忽ちすべって尻餅をつく。

「お気をつけなすって……」

だが、東吾も源三郎もなんということなく崖下へ下りた。

そこは草も土も一面に踏み固められていた。

「お初の死体がみつかりまして、野次馬が押しかけましたんで……」

「みつけたのは誰なんだ」

と東吾。

「神社の庭男と六兵衛なんで……」

鼻をうごめかすといった感じで善七がいい、長助がいやな顔をして横をむいた。

再び崖を上って社務所へ行った。裏庭で薪を割っているのが庭男の作造である。

「今朝、お初が殺されているのをみつけたのは、お前さんかい」

例によって東吾が人なつこく声をかけ、作造は薪割りの手を休めて汗を拭いた。

「俺だが……」

「六兵衛が一緒だったそうだな」

「俺がみつけて、六兵衛を呼んだんだ」

「六兵衛が近くにいたのか」

「あの人は、明神さんのおかげで商売させてもらっているからと、毎朝、おたまさんと二人で境内の掃除を手伝っているんだ」

「成程。で、先にみつけたのはお前さんなんだな」

「そうだ。玉垣のところの土が踏みつけたみたいに荒らされていたんで、また、子供らが玉垣をのり越えて崖をすべったり登ったりしたのだろうと思ってひょいとのぞいたら、白っぽいものがみえて、よくよく目をこらしたら、人らしいんで……大声出して六兵衛を呼んで、二人で下りて行ったんだ」

「何刻頃だ」

「境内の掃除は夜の明けねえ中から始まるんだが、あそこは一番終りに掃くんで、もう明るかった……」

多分、六ツ(午前六時)になっていた筈だという。

「お初だというのは、すぐわかったんだな」

「そりゃもう、このあたりの男で、あの娘の顔を知らない者は居らんで……」

「六兵衛はどうした」

「声も出ねえくらいびっくりしてたよ」

「お前さんだって驚いたろう」

「そりゃあそうだ。誰だって人の死んでるのをみつけたら腰が抜けそうになるだろう」

三十二、三の、如何にも実直そうな庭男は気味悪そうに顔をしかめた。

それから千歳蕎麦の暖簾をくぐる。

客はなく、釜場のところに六兵衛とおたまがぼんやりすわっていたが、入って来た四人の中に長助の顔をみつけると、救われたように立ち上ってお辞儀をした。

「早速だが、お前は殺されたお初と口約束でもあったのか」

上りかまちに腰を下した東吾がいきなり訊ねて六兵衛がまっ赤になった。

「とんでもない。手前なんぞが……」

「嘘をつけ」

善七がどなった。

「手前《てめえ》はこの春の町内の花見の時に、舟に酔ったお初を介抱して、それからいい仲になったと評判だぞ」

「滅相な……たしかにあのあと、お初さんが礼にみえたりしまして、おたまに櫛《くし》だの半《はん》衿《えり》だのを下さいましたが、それだけのことで……」

おたまが麦湯を運んで来たのをみて東吾が六兵衛にいった。

「すまないが、かけでいい、一杯作ってくれないか」

六兵衛が釜場へ入ると、手伝いについて行こうとしたおたまを手で止めた。

「ちょっとお前に訊きたいんだ」

不安そうに傍へ寄った娘は二十にしては子供子供していた。化粧っ気のない顔が若さで愛らしくみえる。

「お初は六兵衛に首ったけだったんだろう」

蕎麦屋の若主人にしては、いい男っぷりであった。長助がうつむいたおたまへそっといった。

「心配《しんぺえ》することはねえ。若先生に、なんでも正直に申し上げろ。そのほうがお前達のためになる」

おたまが小さくうなずいた。

「お初さんは……誰にでも思わせぶりをするんです。うちの兄さんにもそうでした。酔ってもいないのに酔ったふりをして……」

「六兵衛も熱くなったんだろう」

「あんなきれいな人に持ちかけられたら、誰だってその気になります。でも、兄さんは馬鹿じゃないから、すぐわかったみたいです」

「六兵衛のほうから手を引いたのか」

「ちょうど、お初さんに好きな人が出来たみたいで……」

「誰なんだ、そいつは……」

「知りません。兄さんも知りたそうでしたけど、この町内の人じゃないみたいです」

「ところで……」

東吾が店を見廻した。

「この店はお前達だけでやっているのか」

「いえ、職人が一人と小僧が一人。でも、今日はこんなで商売にもならないからって、二人ともお湯屋へ行かせたところなんです」

「昨夜、六兵衛は家にいたんだな」

「寝たのは亥《い》の刻（午後十時）近かったと思います。下ごしらえなんかしていると、いつもそのくらいになりますから……」

蕎麦が出来て来て、東吾は旨そうに食べ、代金をおいて店を出た。

日の長い季節だが、流石に夜になっている。

同朋町の色街を抜けると、お座敷へ行くらしい芸者が三、四人、脂粉の香をふりまきながら通りすがりに善七に挨拶をした。

「小染、小光、小えんと三羽烏でして、今一番の売れっ妓なんで……」

いささか照れくさそうに善七が教えた。

二

翌日、東吾が講武所の稽古を終えて出て来ると、神田川のふちに源三郎が待っていた。

昨日、そういう約束をしておいたもので、

「待たせといていうのもなんだが、柳の木の下に男が一人ってのは絵にならねえな」

早速、軽口を叩きながら同朋町へ向った。

「どうもお暑い所を申しわけございません」

読経の聞えている吉野屋の外に、長助が善七とは少し離れて遠慮そうに立っている。

「焼香に来る近所の連中の話を聞いて居りましたんですが、どうも、これといって……」

ぼんのくぼに手をやった。

昨日の帰りに、善七が、どう考えても六兵衛とおたまが下手人臭いといい、長助は忌々《いまいま》しがった。

「大体、あの連中のいうことは筋が立ちません。六兵衛がお初にのぼせたからおたまが焼餅をやいて殺したといってみたり、いや、六兵衛がふられた怨みで殺したんだと、その時ばったりをいいやがる。あっしはあの兄妹を親の代から知ってますが、とても人殺しが出来るとは思いません」

というのだが、下手人が挙がらない限り、六兵衛兄妹の疑いは晴れないし、愚図愚図していると、善七が二人をしょっぴく可能性が強い。

「ですが、お初って娘は相当の尻軽女ですぜ」

吉野屋と反対側の軒下にたたずんで、長助が低声《こごえ》で話した。

「六兵衛だけじゃありません。ここらの町内のちょいといい男は一通り、その気にさせられているようで……ただ、最近、少しばかり様子が変って来て、以前ほど愛敬がよくないばかりか、つんけんして洟《はな》もひっかけないそうです」

そのあげくに殺されたのだから、お初にふられた腹いせに殺したとなると、町内の若い連中の殆どが下手人候補に該当する。

「六兵衛一人をお縄にするのは無理でございます」

吉野屋の前に駕籠が止った。

下りたのは品のいい中年の女で髪型からして武家の妻女である。駕籠脇についていた若い侍が駕籠屋に長助達の立っているあたりで待てといい、こっちをみて東吾に気がついた。

「先生……、久保栄次郎です」

名乗られるまでもなく、東吾はその若侍の顔をおぼえていた。

講武所で剣術を教えている弟子の一人である。

「久保は吉野屋と昵懇なのか」

「母が茶の湯を教えて居りまして、歿ったお初と申しますのは、弟子の一人でございます」

その母親が東吾の前へ来て、丁寧に挨拶をした。

「神林先生でいらっしゃいますか。栄次郎の母でございます」

そこへ大和屋のおたかが走ってきた。

「お師匠様がお出で下さったなんて、お初さんがどんなにか……」

我が家へ案内するような感じで、吉野屋へ母子を導いた。

突っ立ってばかりもいられないので、東吾たちはぶらぶらと同朋町を歩き出す。

「吉野屋の主人は十年も前に女房をなくしたそうです。妾《めかけ》がいまして、つい目と鼻の先の金沢町に家を一軒持たせているそうです。お芳といいまして、元は浅草辺で芸者をしていたとかで、気のいい女だって話です」

「お初の殺された晩、仁兵衛が遅く帰ったのは、妾の家からだろうな」

「そのようで……」

「そっちに仁兵衛の子はいないのか」

いつ頃から仁兵衛の持ちものになったのか、子はいないのか、そのあたりを調べて来いといわれて、長助は威勢よく別れて行った。

東吾は源三郎ともう一度、お初の死体のあった空地へ行ってみた。

そこは同朋町のほうからも路地を廻って行く道がある。

昨日来た時はかなり薄暗くなっていたが、今日は神田明神側の崖に西陽が当っている。

「お初はこの空地に呼び出されて殺されたのでしょうか」

現場が踏み荒らされて、もし激しく争ったとしてもその痕はわからなくなっている。

「明神の境内から突き落されたんじゃないかな」

庭男が玉垣の傍の土が踏み固められたようだったといっている。

「夜更けに明神の境内ならまだしも、こんな空地へ若い女が一人でやって来るのは気味が悪いだろう」

「明神の境内だって相当、不気味でしょう」

「恋しい男が待っているとなれば暗い境内も怖くないかも知れないな」

「すると、お初の恋人が下手人ですか」

「恋人の名を使って誰かが呼び出すってこともあるだろう」

お初の最近の恋人が、どうも町内や近所の若い衆ではないというのがひっかかると東吾はいった。

「もし、近所の若い男なら、なにも明神の境内なんぞで蚊に喰われることもあるまい。父親はしょっちゅう妾の所へ行っているんだ。お初の部屋で媾曳《あいびき》出来ると思うよ」

崖の上に人の気配がしてふり仰ぐと若い女が二人、玉垣の所から下をのぞいている。

急に東吾が崖を登り出した。

若い女は逃げるに逃げられないといった恰好ですくんでいる。

「お前達、小えんか小光か小染だろう」

東吾がいい、二人の女が不思議そうな顔をした。

「あたしは小染で、この人が小えんちゃんですけど……」

「同朋町の三羽鳥だな」

「ああ、昨夜、善七親分と一緒にいらしたお役人ですね」

小えんが東吾に追いついた源三郎をみていった。

「お初さんの下手人を調べていらっしゃるんですか」

「お初を知っているのか」

「そりゃ吉野屋へは買い物に行きますし……」

「親しかったのか」

「いいえ、あちらは素人のお嬢さんですから」

「お初の恋人ってのを知らないか」

「神田小町っていわれていい気になってた人だから、あっちにもこっちにもいたんじゃありませんか」

小えんというのは丸顔の可愛い妓だが口は悪い。

「三羽烏のもう一人は、どうした。一緒じゃなかったのか」

「小光さんですか。おまいり旁《かたがた》、空地をみに行こうっていったら、怖いからいやだって」

「あの人はお初さんが嫌いだったから……」

「あんただって嫌いじゃないの」

若い女らしくきゃあきゃあと肩を叩き合って、急にきまりが悪くなったのだろう、東吾と源三郎にお辞儀をして小走りに去った。

「全く、東吾さんはすみにおけませんね。一度聞いただけで講武所芸者の名前をおぼえてしまうんですから……」

神田明神の境内を出ながら源三郎が笑った。

「同朋町にはもっぱら講武所通いの連中が遊びに来るそうですが、案外、東吾さんも馴染がいるんじゃありませんか」

「冗談いうな、こっちは新所帯のほやほやなんだ。他の花まで気が廻らないさ」

実際、東吾は昌平橋のところで源三郎と別れるとまっしぐらに「かわせみ」へ帰って行った。

そして三日後、軍艦操練所の勤務が午前中で終ったので空腹を抱えて帰って来ると、

「長助親分がきているんです」

お吉が少々、情なさそうな顔でいった。

離れの部屋で着がえをし、冷や麦を食べながら長助を呼んだ。

「大和屋のおたかが行方知れずになりまして」

なんとなく気がねをしながら、長助が話した。

「昨日のことなんですが、なんでもお富士さんで授かってきた蛇の厄除けを気味が悪いからお富士さんへ行って納めて来ると駕籠で出かけたそうです」

お供には小僧の巳之助というのがついて行ったが、

「途中で白山権現の前まで来ると、ここの境内にもお富士さんがあるから、ちょっとお詣りをして来るといいまして、小僧を門前に待たせて入って行ったきり、いつまで経っても帰って来ませんで……小僧と駕籠屋が白山権現の境内をくまなく探しましたがみつからず、それっきりで……」

「神田小町がまた一人か」

冷や麦を食べ終ると東吾はいやな顔もせず立ち上り、長助と出かけて行った。

「全く長助親分も少しは遠慮ってものがあってもよさそうなのに……」

お吉が小さな声で文句をいったが、るいは微苦笑しただけである。今更、亭主の好きな赤烏帽子《あかえぼし》を取り上げるつもりはない。

同朋町へ行ってみると、大和屋はえらい騒ぎになっていた。

「おたかさんの死体が一行院の墓地でみつかったそうで……」

蒼くなっているのは善七で、たった今、知らせが入り、主人の惣右衛門が駕籠でかけつけて行くところだという。

その駕籠について、善七と長助、東吾がまっしぐらに小石川へ向った。

着いてみてわかったことだが、一行院というのは一橋家の下屋敷の裏にある寺で、おたかが姿をくらました白山権現からさして遠くない。

殊に白山権現の境内のお富士さんからは細い小路があって、その道の両側は森川伊豆守の下屋敷、土井主計、土井大隅守両家の下屋敷になっているので、白昼でも滅多に人通りはなくひっそりしている。

もしも、おたかが何者かに白山権現の境内から拉致《らち》されたとすると、まず人目につく恐れはなさそうであった。

一行院の墓地のおたかの死体は土地の御用聞きと、知らせでかけつけた寺社奉行配下の下役人によって囲まれていたが、許しを得て死体をみせてもらった東吾の背後で長助と善七が息を呑んだ。

首に藁細工の蛇が巻きついている。

「駒込の浅間神社へお納めするといって、持って出たものでございます」

逆上した声で惣右衛門が寺社の役人に答えている。

死体のあった場所は明らかに人の争った跡が残っていた。検屍をした医者の話では頭部に重いものでなぐられた痕があり、それが致命傷だといった。

首は締められて居らず、藁の蛇はただ巻きつけただけというところが、お初の場合と違っている。

「おたかは一橋家の奥向きに行儀見習に上っていたのだったな」

東吾が善七にいった。

「とすると、ここに一橋家の下屋敷があるのを知っていたかも知れない」

大名の下屋敷は諸方にある場合が少くないが、小石川という場所柄、比較的、使われやすかったとも考えられた。

奥方などが気晴しに出かけて来るのには、さして遠くもなく具合がよさそうである。おたかが御奉公中にそのお供でこの下屋敷に来たことがないとも限らない。

「源さんにいって、一橋家にそれとなく問い合せてもらってくれ」

長助にそっと東吾がささやいた。

町方の役人でもない東吾がいつまでも現場にうろうろしてもいられないので、あとを長助と善七にまかせて、東吾は白山権現へ引き返した。

白山権現の正面の参道は白山御殿大通りと呼ばれている道に面している。

同朋町から湯島の通りを抜けて駒込片町を北へ向うと白山御殿大通りであった。

更にまっすぐ行けば吉祥寺の門前を通って駒込の浅間神社へ着く。

つまり、同朋町の家を出て駒込のお富士さんへ行く道中に、白山権現はあるので、ひょっとすると、おたかは最初から浅間神社へ行く気はなくて、藁の蛇は出かけるための口実に使われたのかも知れないと東吾は考えた。

大川端の「かわせみ」へ帰って来て、るいやお吉に一部始終を話すと、

「そりゃあ間違いなく口実でございますよ。きっと、あらかじめ白山権現で誰かと待ち合せる約束があったんじゃありませんか」

とお吉がいう。

「待ち合せの場所は白山権現だったのか、それとも一行院か」

一行院という寺は、本堂そのものは小さく、住職の他、二、三人の坊主しか住んでいないのに、境内は広く、墓地は木立に囲まれている。

「人目を忍んで媾曳をするには、おあつらえむきなんだ」

もし、おたかが一橋家の下屋敷を知っていれば一人でも一行院へ行ける。

「おたかって人の恋人は誰なんですかね」

「下手人はお初さんを殺したのと、同じ人でしょうか」

女二人が八丁堀育ちをむき出しにしてあれこれいっているところへ源三郎が長助とやって来た。

「毎度、御苦労をおかけして恐縮です」

るいの手前、そんな挨拶をしてから報告を始めた。

「おたかの父親の惣右衛門の話ですと、おたかには縁談があったそうです。といいますよりも、これは大和屋のほうから働きかけたものでして、おたかがその男を好きになり、父親が娘可愛さに、一橋家の用人を頼んで、先方に話を持って行ってもらったとのことですが……」

東吾がははんといった表情をした。

「あててみせようか。その相手は俺の知っている奴……久保栄次郎じゃないのか」

長助が首をすくめ、源三郎が笑った。

「流石ですな、東吾さん」

「この前、吉野屋の前で、おたかが栄次郎と母親に声をかけたじゃないか。あの時のおたかの顔はまさに惚れてる男とその母親を前にしたって感じだったよ」

「わたしはそこまで気がつきませんでしたが、おたかは茶の湯を習いに行っていて、栄次郎を見初めたそうです」

「久保にとっても悪い縁談じゃないだろう」

御家人だが、そう裕福ではない。

嫁に来る相手は一橋様御用の看板をあげている老舗だし、当人は武家の奥奉公をしたことがある。まして、一橋家の用人が口添えであれば、迂潤には断れまい。

「ですが、返事はまだ来ていなかったといいます」

「栄次郎に好きな女でもいるのかな」

「東吾さんほどじゃありませんが、まあ二枚目でしたからね」

吉野屋のお初と違って気位の高かったおたかには他に浮いた話もなかったという。

「それから、東吾さんが、おたかが一橋家の小石川の下屋敷に行ったことがあるかと気にして居られたそうですが、おたかの母親に訊いたところ、御奉公中に、奥方があそこで茶の湯の催しをなすって、その準備のために老女方のお供で何日も泊ったことがあるとのことです。庭が大変に見事で、宿下りの時にその話をさんざん聞かされたそうです」

「あとは俺に久保栄次郎を調べろってことだな」

「残念ながら、町方は支配違いになりますので……」

貧乏御家人であろうと訊問は出来ない。

翌日、東吾は稽古の間に久保栄次郎を目のすみにおいていた。仮にも縁談のあった相手が変死したというのに、栄次郎は元気がいい。

終っての帰りに、さりげなく呼び止めて訊いた。

「今日、大和屋へ悔みに行くのか」

栄次郎がなんでもなく答えた。

「母は参りましたが、手前は……」

「縁談があったんだろう」

「ですが、受けては居りませんでした」

「他に可愛いのがいるのか」

「いえ」

「正直にいえよ。なんなら力になってやる」

「そういう相手ではありません。むこうものぞんで居りませんし……」

「そうすると……玄人か」

栄次郎の表情をみて、つけ加えた。

「講武所芸者か」

「御勘弁願います」

一礼して、そそくさと逃げて行った。

「かわせみ」へ帰って来て、るいに訊いた。

「女は所詮、添えないとあきらめていても、その相手に縁談があると怒り狂うんだろうな」

るいが変な顔をしたので慌てて続けた。

「女ってのは芸者なんだ。水商売の女だから侍の女房にはなれないとあきらめている。しかし……」

「久保栄次郎という方に、芸者さんの恋人がおありだったんですか」

「だが、それだとお初殺しがつながらない」

嘉助が来た。

「長助親分が、この前、若先生に調べて来いといわれたことをお知らせに来たのですが、どうも敷居が高いと……」

東吾は笑って自分から帳場へ出て行った。

「なにか、わかったのか」

いつもと同じ東吾の声に、しょんぼり腰をかけていた長助が嬉しそうに話し出した。

「吉野屋仁兵衛の妾の件でございます」

お芳という女は以前、浅草の芸者でその頃、板前といい仲になって女の子を産んだ。

「ですが、その板前が喧嘩がもとで歿りまして、そのあと吉野屋の仁兵衛と昵懇になりましたんで……」

芸者をやめて家を持たせてもらったのは、仁兵衛の女房がまだ生きている時分で子連れの女を妾にして面倒をみたのは、

「お芳っていいますのが、大人しい女で、なんでも仁兵衛のいいなりだったからだろうと世間はいって居ります」

そんなだから、女房が死んで五年目に仁兵衛がお芳を吉野屋へ入れようとした時、娘のお初が猛反対をして結局、流れてしまったのも、お芳に意気地がないからだという者もある。

「連れ子の娘は今でも一緒に暮しているのか」

東吾が訊き、長助がかぶりを振った。

「それが、同朋町で芸者をして居ります」

三羽烏の一人、小光という妓だといわれて東吾は腕を組んだ。

「長助、同朋町で訊いてみろ。その小光という芸者の色男は久保栄次郎ではないのか。

それからおたまに、駒込のお富士さんに厄除けに行ったのは、誰と誰だったか。もう一つ、もし、小光が久保栄次郎の女だったとしたら、おたかが行方知れずになった日の昼間、小光がどこかへ出かけなかったか」

「合点です」

長助は颯爽《さっそう》ととび出して行った。

三

「おかげで一件落着しました」

源三郎が来たのは二日後の夕方で、鬼の首でも取ったような顔の長助が手土産に角樽《つのだる》を運んで来た。

「やっぱり、小光っていう芸者さんでしたか」

少し気の毒そうにいったのはるいで、

「おっ母さんを吉野屋へ入れなかったってことで怨んでたんでしょうか」

と訊いた。

「それもありますが、吉野屋へ買い物に行って、お初にさんざん嫌味をいわれたそうです」

それまで小光は吉野屋で小間物を買うのは避けていたようだが、恋人が出来て、だんだん手許不如意になって来ると、仁兵衛から、

「安くしてやるから、気にしないでうちへお出で」

といわれたのを頼みに、吉野屋の暖簾をくぐった。運悪く、たまたま、お初が店にいて仁兵衛は不在だった。

「妾の連れ子の分際で、よく吉野屋の暖簾がくぐれたの、店のものをただでもらいに来たのか、お前なんぞは厄除けに行くことはなかった、厄年で死んじまえとまでののしられて、小光はまっ青になって店をとび出したそうです」

実をいうと、六月朔日《ついたち》の浅間神社の祭には案内役のおたまに誘われて、ちょうど十九歳の小光と小えんも同行していた。

「そこでは、みんなの手前、お初もなにもいわなかったのですが、自分の店へやって来た相手にはいいたい放題をいったのでしょう」

おまけに、お初は茶の湯の稽古に行って久保栄次郎にちょっかいを出す気になった。

「女房になりたいというよりも、手っとり早くねんごろになって、おたかの鼻をあかしてやりたいようなことを店に来た小染にいったというのです」

小染にそんな話をしたのは、栄次郎が時折、同朋町の料理屋へ遊びに来ているのを知っていて、探りを入れたものらしい。

小染からそれを聞いた小光は早速、お初に誘い水をかけた。

「稽古から帰って来たお初を呼び止めて、自分から詫びをいい、栄次郎が今夜、同朋町へ来たら、自分がとり持ちをするといったんです。お初は小光と栄次郎の仲を知らなかったので、すぐひっかかった。あとは小光の計画通りです」

お座敷が終ってから金沢町の母親の家へ帰って着がえをして忍び出た。

「ちょうど、母親のところに仁兵衛が来ていたので、それを確かめてからお初を呼び出し、明神の境内で栄次郎が待っているといって連れ出し、不意を襲って組紐で首を締めて殺してから崖下に突き落し、自分は家へ帰ってそ知らぬ顔で寝てしまったといいますから、若い女が思いつめると怖ろしいものです」

一つの殺人が成功して自信を持った小光にとって、恋する男に横恋慕して妻の座につこうとしているおたかを見逃すことは出来なかった。

「手口は全く同じです。栄次郎のほうから縁談の返事が来なくて苛々しているおたかに、栄次郎が二人きりで話をしたいといっているから、なんとか一人で一橋家小石川下屋敷の隣の一行院へ来てくれといっておびき出したといいます」

家から金槌を持ち出して行って、力まかせに頭をなぐりつけたのは、おたかのほうが手ごわそうだと思ったからで、犯行の動機は違っていても、憎しみが殺意へ向ったことには変りがない。

「東吾さんと違って、手前には若い女の気持がわかりませんが、観念してなにもかも白状したあとの小光がぽつんといいました」

同じ十九の娘なのに、神田小町などといわれて、好き放題やりたい放題に生きているお初とおたかが、腸《はらわた》が煮えくり返るほど憎かった、と。

「厄除けの蛇を二人の首に巻いたのは、そんな気持の現われだったのかも知れません」

源三郎が帰ったあと、東吾はるいと庭へ下りた。

夜空に天の川が白くみえる。

「星の数ほど、下界には人が居りますのでしょうに……」

何故、不幸せと幸せの星があるのかといいたかったのか、それとも、人の幸せと我が身をくらべる人がいるのかという心算《つもり》だったのか、るいは黙って東吾の袂にすがっている。

そんなるいに、東吾は手を上げて、流れ星を教えた。

八朔《はっさく》の雪《ゆき》

一

祝言をあげたことを、東吾は自分の勤務先である講武所にも軍艦操練所にも格別、披露しなかったのだが、そういうことは必ず、どこからか洩《も》れるもので、一カ月も経たないうちから、

「このたびは、おめでとう存ずる」

「道理で、このところ、めっきり落ちつかれたようにお見受けして居りました」

などと挨拶をされ、東吾は祝言を内々であげた理由を汗をかきながら説明する破目になった。

兄の通之進もそういうことは気がついていて、

「やはり、秋が更けたら、吉日をえらんで、然るべき方々を祝宴にお招きせねばならぬ

な」

などというようになった。

その秋の気配も濃くなった或る日、軍艦操練所で、東吾と同じく操練方に座している仲間が、八月一日に吉原へ繰り込もうといい出した。

八月一日は「八朔《はっさく》」といい、天正十八年の八月一日に徳川家康がはじめて江戸へ入った記念すべき日として江戸城では「八朔御祝儀」といって大名が総登城するならわしであった。

この時、男は白帷子《かたびら》、大奥の女達は総縫いのある白の帷子に附帯《つけおび》を着用することがいつの頃にか定着した。

そして、吉原でもこの日を紋日《もんび》（休日）として遊女が白ずくめの扮装をするようになっていた。

つまり、操練方の連中はこの八朔の吉原見物を企てたわけである。

誘われて、東吾はなんとなく承知した。

もともと、つきあいの悪いほうではない。

それに、新婚早々だからと、こうした遊びに同行するのを断るほど野暮でもなかった。

が、それは表向きのことで、内心、東吾はえらく困惑した。

男ばかりで吉原へ出かけるとなると、田舎者ではあるまいし、まず見物しただけで帰るということはない。

おそらく登楼する娼家もあらかじめ決めて行くのだろうから敵娼《あいかた》もえらばねばならなくなるし、下手をすると朝帰りになる。

独り者の時なら、なんということもないが、女房持ちとなった今は厄介であった。

第一、るいになんといったらよいのか、恐妻家ではないつもりの東吾も途方に暮れてしまう。

いっそ、畝源三郎に打ちあけて相談してみようかとも考えたが、あの野暮天にいい智恵が浮ぶ筈もないと思い直した。

で、刻々と日が迫る。

あれこれといいわけを考えたものの、どうも今一つで気に入らない。るいに突っ込まれたらすぐしどろもどろになりそうであった。

結局、八月一日までなにもいえず、その日は軍艦操練所も祝日ということで、早々に実習を終え、祝盃が出て終った。

「では、夕七ツ（午後四時）に鉄砲洲の尾花屋で……」

各々、肩を叩き合って、東吾は大川端へ帰って来た。

るいは白地に秋草を染めた着物に亀甲の地紋の帯を締めていて、今日は髪結いが来たらしく、結い立ての髪に浅黄の手絡《てがら》がよく映えている。

吉原へなんぞ行きたくもない、というのがその時の東吾の心境だが、今更、男の約束を反古《ほご》には出来ない。

「今日は夕方から集りがあるんだ。どうせ飲んだくればかりだから、帰りは遅くなるかも知れない」

一風呂浴びて出かける、といった東吾に、るいはおっとりとうなずいただけでなにもいわなかったのに、たまたま、湯加減をみに来ていたお吉が、

「それじゃ、畝の旦那もご一緒ですか」

と口をはさみ、東吾はなんとなく、うんと返事をしてしまった。

烏《からす》の行水で風呂から出て来ると、新しい下帯から肌襦袢《はだじゆばん》に足袋を添えて用意されて居り、亀甲絣の結城紬《ゆうきつむぎ》に、献上の帯と手早く、るいが着がえを手伝ってくれる。

「先に寝ていいぞ」

良心がちくちく痛むので、なるべくるいの顔をみないようにしていい、これもるいが用意してくれた煎茶を飲み、重い腰を上げかけると、

「これを、お持ち下さいまし」

手拭と一緒に渡してくれた財布がいつもより重い。

軍艦操練所と講武所から頂戴する給金はそっくりるいに渡して、自分は小遣い程度を財布に入れていて、なくなって来ると、るいが補充してくれるのだが、

「こんなには要らない」

と押し戻そうとすると、

「殿方は外へお出になると、なにがあるか知れませんから……」

やんわりと遮られてしまった。

全く、よく気のつく姉さん女房だが、今日の東吾は自分に弱味があるので、いささか、うっとうしい。

「では、行って来る」

鹿爪《しかつめ》らしく「かわせみ」を出て少しばかり行くと、ちょうど用足しから戻って来たらしい嘉助と出会った。

「すまないが、つきあいで遅くなりそうなんだ。かまわないからくぐり戸も締めちまってくれ。帰って来た時は遠慮なく叩き起すから……」

いいにくいのを我慢していった東吾に、嘉助は、どちらへ、とも聞かず、

「お留守のことは御心配なく」

と頭を下げ、ちょっと東吾を見送ってからすたすたと「かわせみ」へ帰って行った。

鉄砲洲の尾花屋で景気づけに酒を飲み、腹ごしらえをして、猪牙《ちょき》で大川を上った。

流石《さすが》に紋日で、山谷堀のあたりは吉原通いの舟やら駕籠やらで賑わっている。

大門を入ると、そこは白の世界であった。

大夫《たゆう》、新造、禿《かむろ》など、廓《くるわ》の女達はすべてが白の小袖、白の帯、白の打掛といった具合で、まるで吉原に雪が降ったような風情である。

「どなた様がおっしゃったのかは存じませんが、昔から、これを八朔の雪とか、里の雪

とか呼びならわして居ります」

出迎えたのは、京町一丁目の春景楼の主人で、どうやら今日の発起人の岡本文之助と昵懇らしい。

案内されて、最初に仲の町の茶屋へ上って酒肴が出る。芸者が呼ばれてやって来た。

紋日は本来、廓で働く女達の休日だが、そこは商売上手の妓楼の主人達が揃っていることで、まるっきり客を断るわけではなく、馴染客は必ず登楼して、妓に誠意をみせることになって居り、遊女達もこの日、客の訪れがないのは恥かしいと考えて、早くから客に約束をとりつけている。

従って、吉原でも一流の妓楼では、いわゆる一見《いちげん》の客を取らない建前にはなっていた。

やがて、頃合をみはからって、春景楼から妓達が打ちそろって来た。

無論、全員が白無垢だが、その年によっては残暑があって、袷《あわせ》でも暑いことがあるというのに、袖口や裾の部分に袘綿《ふきわた》を入れた小袖を着ている者が圧倒的に多い。

これは袷よりも小袖のほうが見ばえがするからで、暑さを我慢しても美しくみせたいという女の世界ならではのようであった。

春景楼の主人と岡本文之助との間で、前もって妓の配分もとりきめてあったらしく、東吾の隣にすわったのは、お染という名の新造であった。

東吾が内心、慌てたのは、お染がどことなくるいに似た顔と体つきをしていたからで、年は若くみえるが、二十になっていそうな感じである。

るいと違うのは、言葉のはしにどこか投げやりなところがあり、笑うと逆に寂しそうな表情にみえる。

廓で働く女には、人にいえない不幸があるものだが、お染も同様なのだろうと思った。

ひとしきり、さわいで酔って、ぞろぞろと春景楼へ向う。

仲の町は、まだ人通りが多い。

登楼するあてはなく、ただ、八朔の吉原見物の客も少くないわけで、東吾は知った顔に出会わねばよいと冷汗をかいた。

「神林どのが男前だからと、あまり熱くなるなよ。お屋敷には新婚早々の美人の奥方が居られるんだ」

各々の妓と、各々の部屋へ分れる時に、岡本文之助がお染にいい、お染は歯をみせずに笑っただけで、東吾を自分の部屋へ導いた。

新造には部屋持ちと何人かで一つの部屋を使い廻しするのがあるから、お染が自分の部屋を持っているというのは、まず、よく売れていて、いい客がついている証拠のようなものである。

遣り手に祝儀と別に二分渡して酒と台の物を頼んだ。いわゆる酒の肴のようなものだが、これは食べないで部屋の外へ出しておくと、遣り手や若い衆が下げて行って食べる。いわば役得であった。

「馴れてお出でなんですね」

向い合って酌をしながら、お染が笑った。

「どこぞにお馴染がいらっしゃるのでござんしょう」

「独り者の頃に、つきあいでたまに来ただけだ。馴染がありゃあ女房にしたさ」

「奥様をおもらいなすってからは、今日がはじめて……」

「そうだ」

「おつきあいで、いやいやお出でなすった」

東吾は屈託なく笑った。

「当らずといえども遠からずか。実をいうと、あんたが内儀さんに似ているんで、少しばかり困ってるんだ」

「嬉しがらせですか」

わちきにも一つ下さい、と東吾の盃を取った。

「こいつは、うっかりした」

酌をしてやると、旨そうに飲む。

「以前、もの知りの先生がおっしゃったんですけどね、紋日の中でも八朔は、女の物忌みなんですって……」

白の衣裳は精進潔斎の意味があるといった。

「それじゃ、客を取っちゃいけねえわけだ」

「だから紋日なんです」

かと思う。

「あんた、馴染があるんだろう」
ひょっとすると間夫《まぶ》があって、東吾が引け四ツに帰ったあと、媾曳の約束でもあるの

普通、四ツは亥《い》の刻（午後十時）だが吉原に限っては、子《ね》の刻（午前零時）になって

四ツの拍子木を打った。

張り見世に出ている遊女は、四ツの柝が打たれるまでに客がないと、お茶をひいたこ

とになる。つまり、その日は売れなかったわけで張り見世から引揚げる。

客のほうも、なんとか、この四ツに間に合うよう大門をかけ込んで来るので、日本堤

を四ツ手駕籠でとばして来る客も、駕籠屋に酒手をはずんで四ツまでにはなんとかすべ

り込む。

ひやかし客は勿論、四ツには大門を出て行かなければならないし、ちょいちょいの間を遊ん

で帰る客も四ツまでであった。

「もし、そうなら、俺は野暮はしないよ」

お染が、盃を東吾に渡し、酌をした。

「すみませんが、朝まで、こうやって話をしちゃあいけませんか」

「俺は、それでもいいが……」

妓楼へ上って、妓の部屋で朝まで酒を飲むというのも間が抜けているようだが、お染

がそうしてくれというなら、そうしてやってもよいと思ったのは、やはり、るいに似て

いる女に、東吾が甘くなったせいだろう。

どっちにしても、四ツに帰れば、仲間の連中から、女房が怖くて、と笑いものにされるにきまっている。

それはそれでも一向にかまわないのだが、けっこう飲ん兵衛らしい女とさしつさされつ面白い話を聞くのも悪くはない。

「それじゃ、酒を今の中に頼んでおこう」

金を渡すと、お染は若い衆を呼び、徳利を十本ばかり持って来させた。

本気で飲むつもりらしい。

「お客さんは、恋女房なんでしょうね」

たて続けに五、六杯、いい飲みっぷりで盃を干しながら、お染が訊いた。

「そうだな。子供の時からのつきあいだから、まあ、恋女房だろう」

「幼なじみなんですか」

目許で悪戯っぽく笑った。

「じゃあ、長いこと辛抱して、やっと……」

「いや、俺はだらしがないほうだから、辛抱はしなかった。いささか理由があって、祝言をあげるのが遅れたんだがね」

「何年も人目を忍ぶ仲だったわけ……」

「ああ」

「途中で、いやになるとか、飽きたってことはありませんか」

「そりゃあなかった。俺は内儀さんにべた惚れだったし……」

「奥様も、あなたに惚れっぱなし……」

「そいつは聞いてみたことがないから、わからない」

「女は心細いものですよ。いつか女房にしてもらえるとわかっていても……」

「そうだろうな。内儀さんもよく泣いたよ」

「じゃあ、御夫婦になれた時は嬉しかったでしょう」

「俺は嬉しかった」

「奥様は……」

「聞いたことはないが、嬉しそうだったよ」

お染がいきなり、東吾の横腹をつねった。

「憎らしい。おのろけばっかり聞かせて……」

「そっちが訊くからだ。訊かなけりゃ話さない」

東吾が手酌で飲むと、お染が徳利をひったくってお酌をした。

あたりは漸《ようや》く静かになって、手を叩いて若い衆を呼ぶのも、廊下の足音も聞えない。

「お前さんの話を聞こうじゃないか」

「面白い話なんてありんせんよ」

思い出したような廓言葉が出た。

「別に、なんだっていいさ」

「こういうところで働いている女の身の上話なんて、みんな似たりよったりですよ。親が死んだり、病気になったり、つまらない男に欺《だま》されたり……」

「お前、あんまり訛《なま》りがないな」

百姓や漁師の娘ではなさそうだと東吾は判断した。

「家は商家か」

「おっ母さんが不縁になって、あたしをつれて出て来たんです。神奈川に遠い親類が宿屋をやっていて、おっ母さんと一緒にあたしもそこで奉公してました」

黙って煙草に火をつけた東吾をちらとみて、又、話し出した。

「江戸から商売で来た男を好きになっちまったんですよ。あたしって、まるっきり、人をみる目がないから……」

「いくつだった」

「十四……」

「その年で人をみる目があったら、化け物だな」

「男が江戸へ帰る時、いつでも訪ねて来いっていったのを真《ま》に受けて……家出して行ったら、お内儀さんがいたんです」

よくある話だと思いながら、東吾は不愍《ふびん》に思った。

世間知らずの十四歳の娘が、江戸で立往生した姿が目にみえるようである。

「それで、どうした……」

「男が働き口をみつけてやるってつれて行かれたところが、飲み屋ですけど、淫売宿みたいなもんで、あたしは馬鹿だから、そこでも悪いのにひっかかって……吉原へ来たのはみっけもんみたいなものだったんです」

まだ若くて、きれいだったから売りものとしては上等のほうで、比較的、いい妓楼へ落ちついたが、一つ間違えば、どれほどの地獄をみたかわからないと他人事のようにいった。

「ここの御主人からいわれたんです」

「神奈川へ帰る気はないのか」

どれほどの年季で売られたのか知らないが、自分の部屋が持てるまでになっていれば、心がけ次第で借金が返せる筈だと東吾は考えた。

「帰れませんよ。帰ったって仕様がない」

「しかし、おっ母さんは心配しているだろう」

「どこかへ行っちまったらしいんです」

「なに……」

「ここの抱えになった時、御主人が神奈川へ使をやって、おっ母さんにあたしが無事でいることを知らせてくれたんですけど……その時、もう、親類には居なかったみたいで……」

開けてある小窓から夜風が入って来た。

夜空は晴れていて、星が二つ、三つ。

「行方は知れないのか」

「神奈川へ行って聞けば手がかりはあるかも知れませんけど、どっちみち、娘の二の舞だろうと思います」

「兄弟はいないのか」

「別れたお父つぁんのところに弟がいる筈ですけど、縁が切れてますから……」

冷えた酒をすすりながら、でもね、と案外、明るい調子でいった。

「あたしなんかいいほうだと思うんですよ。この土地へ来る女の人は、もっと、どん底を這い廻ってるのが沢山いますし……」

「そりゃあそうだ」

立ち上って小窓を閉めた。部屋の中がひんやりしている。

「今、好きな男はいないのか」

「贔屓にして下さるお客様は何人かありますけど……」

「男を信用しなくなったのか」

「そんなことはありません。ここへ来てからも好きになった人はあります。でも、その人とは、逢えないんです」

「どうして……」

お染が盃を指の先でくるりと廻した。

「日本橋の大店へ奉公している人なんです」

「門限がやかましくて逢えないのか」

「それは、なんとかなるみたいですけれど、ここの御主人が、あの男はやめるようにって」

「何故……」

「ああいう大店の奉公人は、年季奉公で、きまった年月を無事につとめ上げて、はじめて何十両という大金を頂けるそうなんです。それまでは住込みで、お内儀さんをもらうことが出来ないし、お小遣い程度の金しか持たされない。だから、こういうところの女に熱くなると、どうしてもお店の金を使い込んだり不始末をしかねないものだっていいますから……」

「しかし、月に一度ぐらい、通って来る分には、大事はないだろう」

「若い人に、そんな辛抱は出来ないと思います。あたしだって好きになれば毎日だって逢いたいし……」

相手が客商売の女なら尚更だろうと東吾も思った。

自分が行かない日は、別の男がお染を抱いている。

「ここの御主人が、その人に意見をしたんです。今のままだと間違いなくお店をしくじる。故郷では親御さんが一人前になる日をたのしみにしていなさるだろうに、一生を棒にふってどうするって……」

「それで、来なくなったのか」

「来ても、登楼《あげ》ないように、店の人が心得ていますから……」

追い返されたということなのだろう。

「あんたは、あきらめられるのか」

「その人の年季があけるのは、まだ七、八年先なんです。あたしは三十になっちまう」

可笑《おか》しそうに笑い出した。

「男だって女だって、かあっと熱くなった時でないと夫婦になれない。お素人さんにしても、だらだら長くなって、それでも一緒になったたってのは珍しいんだそうですよ」

自分のことをいわれたようで、東吾は赤くなった。

自分とるいは別だが、たしかに祝言をあげるには、一つの時期があって、それをはずしてしまうと夫婦になりそびれるというのは本当だろうと思う。

「あたし、決めたんです。ここの御主人にいわれたように、こつこつ働いて年季があけるまでにお金を貯めて……この土地から出る日が来たら、どこかで小商いでもして食べて行けるといいなあと思ってます」

それが、何度も不幸せな恋をした女の悟りなのかと東吾はいじらしくなった。

「その時は知らしてくれ。俺も祝儀になにか買いに行くよ」

「来てくれるんなら、一人で来て下さいよ。奥様と一緒だと焼餅が焼けるから……」

なんの商売がいいだろうと、本気な顔で訊く。

「そうだな。女一人で出来る商いといえば、子供相手の駄菓子屋か、仕入れを手伝ってくれる者があれば、荒物屋とか、小間物屋とか……」

真面目に考えている東吾の肩をお染が力一杯、突いた。

「いやだ、お客さん、本当に実《じつ》がある人なんだね」

二

東吾が大川端へ帰って来たのは、夜明け前であった。

ちょうど、「かわせみ」の店の前で、嘉助が東の空へ合掌している。

「若先生……」

とふりむいたのに、

「すまなかった。つい、帰りそびれてね。しかし、俺は女房を裏切らなかったぞ」

いささか照れくさくいったのに、嘉助は嬉しそうに頭を下げた。

「朝湯でしたら、すぐ焚きますが……」

「いや、ひとねむりさせてもらうよ」

足音を忍ばせて離れへ行くと、るいは二つ並べた布団の一つに、ひっそりとねむっている。

袴も着物も脱ぎ散らしたままで、東吾は自分の布団へもぐり込み、すぐ、大きな寝息を立てた。

一刻も熟睡すると、すっきりと目がさめた。

風呂に入って酒の匂いを消し、膳につく。

「昨夜はすまなかった。それほど飲んだつもりはなかったんだが、つい、酔っぱらってね」

いわずもがなの弁解をして、るいの顔色をみる。

別に怒っているふうではなかった。

いつもと同じように亭主の身仕度を手伝って、

「いっていらっしゃいませ」

笑顔で送り出す。

東吾の出かける時は、大抵、枝折戸のところまでついて来て、姿がみえなくなるまで見送ってくれるので、東吾もみる人がいないと二、三回ふりむいて手を上げる。

正直なもので、今朝は、その二、三回が、つい五、六回になった。

講武所の稽古はいつものようで、終ると門弟の一人が、

「先生、このたびはおめでとう存じます」

と神妙に頭を下げる。

「ついては、お祝に、みんなで祝盃をあげたいと申して居ります」

つまりは、一杯飲ませろということだと承知して、東吾はその連中を同朋町の神田川

という店へつれて行った。

飲ませて、食わせて、適当な時刻を見はからって席を脱け、お内儀に金を渡して、あとは連中が好きなだけ飲ませてやってくれと頼んで、なんとか逃げ出した。

這う這うの体で豊海橋の袂まで来ると、畝源三郎が人待ち顔に立っている。

「実は今しがた、宿帳改めでかわせみへ行ったのですが、だしぬけにお吉が、昨夜、若先生と一緒だったかと申すのです」

ぎくりとして、東吾は友人をみた。

「それで、なんといった」

「持つべきものは、良き友ですな。なんだかわかりませんが、とりあえず、ずっと一緒だったと返事をしておきました」

「助かったぜ、源さん」

実は軍艦操練所の連中と八朔見物に出かけて、と昨夜の一部始終を話すと、源三郎がにやにやした。

「まあ、話半分にきいておきましょう。おるいさんにばれないことを祈ります」

颯爽と八丁堀のほうへ帰って行った。

やれやれという気分で、いつもなら離れに通ずる裏木戸のほうから入るのに、つい、うっかり、以前のくせが出て、「かわせみ」の表の暖簾をくぐったのが運のつきであった。

上りかまちのところで、もう七十は過ぎたと思われる白髪の老人が二人、るいと嘉助を相手に雑談でもしていたのか、その中の一人が入って来た東吾をみると、

「おお、あなた様もこちらへお泊りでしたか」

という。

東吾が一瞬、絶句すると、

「昨夜、八朔見物にお出かけでございましたろう。仲の町の辻でおみかけしましたが……」

老人特有の大声で、

「実は手前共も、話の種に吉原の八朔を見物に参ったのでございますよ。この年では仲の町をひやかして歩くのがせい一杯で、宵の中に帰って参りましたが、あなた様はさぞ、おもてになりましたろう」

と笑う。老人の口を東吾は手でふさぎたかった。

その場は嘉助が気をきかせて、

「お客様方、ぼつぼつ、お風呂をお召し下さいまし」

と二人の老人を案内して行ったのだが、るいは知らん顔でさっさと離れへ行く。

「誰だ。いったい」

照れくさいから、部屋へ入りながら訊くと、

「大和からお出でになった方々ですよ。なんとやらいうお寺の御開帳についていらっし

やったとか」

るいは乱れ箱を出しながら、少しばかり切り口上でいう。

「御開帳の世話人が吉原見物とはなまぐさいな」

「畝様がめんくらってお出ででした」

「なに……」

「お吉が、よせばいいのに、お訊ねするものですから……」

よせばいいのに、というのは、最初からるいは東吾の嘘を見破っていたことになる。

なんにもいえなくなって、東吾は風呂場へ逃げた。

いつもなら、すぐ背中を流しに来てくれるるいが、待てど暮せど来ない。

やけくそで、いい加減のぼせて出て来ると、

「今日も、どこかで召し上っていらしたようですから……」

晩酌はなしで飯になった。

もっとも、昨日と今日と、たて続けに酒飲みの相手をしたから、流石《さすが》に飲みたくなくなっている。

焼魚に大根と蛸《たこ》の煮付、菜のひたし、豆腐汁で飯を食いながら、いいわけをした。

「今日は講武所の若い連中が、俺の祝言をだしにして一杯やりたいというので、神田へつれて行った。昨日は軍艦操練所のつきあいで、いやいやながら……」

「ですから、はっきり、そうおっしゃればよろしかったのに……」

「吉原の八朔見物だなんて、いえるか」

「どうしてですの」

「むかしのお馴染の方にでも会っていらっしゃいましたの」

「そんなのは、いないよ」

妓楼へ上ったが、酒飲みの妓と馬鹿話をしただけで帰って来たといった。

「独り者の時はとにかく、今の俺は、るいの亭主だからな」

「たまには、里のお遊びも気晴しになりましょう」

「俺は、るいのところにいるのが一番いい」

「無理をなさらないで……」

「馬鹿」

東吾の怒った顔で、るいは笑い出した。

「東吾様が、お湯をお召しになっていらっしゃる時、嘉助が来ましたの。吉原へいらしたのは、男のおつきあいで、東吾様は決して、妓を買ってはいらっしゃらない。それは、お帰りになった時の御様子ですぐわかったと申しましたの。決して、焼餅を焼いてはいけませんって……」

嘉助の話を聞いている中に、背中を流しに行きそびれたという。

「なんだ。すねてたんじゃなかったのか」

ほっとして、東吾は背中から力を抜いた。

ごろりとるいの膝を枕に横になる。

「つきあいは疲れる。こりごりだ」

「そんなにお疲れになるほど、どこで何をなさっていらしたことやら……」

「何をするものか。酒を飲んだだけだ。女のくせに滅法、酒が強くてね」

「その方のお名前は、なんとおっしゃいますの」

「忘れたよ」

「嘘ばっかり……」

だが、東吾はお染という妓の顔が記憶から薄くなっているのに気がついた。思い出そうとすると、るいの顔になってしまう。

どこか惜しかったような、反面、安心したような心境で、東吾は目を閉じた。

八月十五夜、仲秋の名月の晩に、東吾はるいと二人、月見の招待を受けた。

招待といっても、相手は畝源三郎で、彼の妻のお千絵の実家、江原屋が用意した月見舟で大川から名月を眺めようというものであった。

いい具合に日中、晴天で、夕方にお千絵が息子の源太郎《げんたろう》を伴って「かわせみ」へ迎えに来た。

源三郎は勤めの都合で、途中から舟へ来ることになっている。

永代橋の近くに用意された舟には、江原屋の番頭と、長寿庵の長助も乗り込んでいて、やがて、ゆっくりと上流へ漕ぎ上る。

舟には尾花や桔梗を挿《い》けた花籠と月見団子が飾られ、江原屋が用意した酒肴と、るいが持参した重箱が開かれて、早速、月よりも酒だ、肴だと浮かれ気味であった。

源三郎は柳橋の舟宿から乗ることになっていたのだが、そこへ舟を着けてみると、若いお手先が待っていて、

「ちょっとばかり、段どりが狂いまして、大川橋のところでお待ちになって居られますので……」

という。

夕闇は夜になって、月は鮮やかに空に上った。

「なにか、御用の筋でしょうか」

律義な長助は、源三郎が御用で走り廻っているのに、自分だけのんきらしく月見をしているのではないかと気にして落ちつかない。

だが、大川橋を越えると、やがて山谷堀というところで、源三郎が堤に立って提灯を上げて合図しているのがみえた。

船頭が素早く、舟を寄せて行く。

「なにかあったのか」

東吾の問いに、源三郎は手を振った。

「たいしたことではありません」

いい月ですな、と改めて空を眺めた。

大川には、月見舟が何艘も出ていて、なかには詩を吟ずる者もあり、芸者に三味線を弾かせる舟もあって、秋の夜はまことに賑やかであった。

「ぼつぼつ、下りますか」

源太郎が眠くならない中にと、船頭が気をきかせ、舟のむきを変えた時、源三郎がいった。

「ちと、厄介なことがありまして、出来れば東吾さんのお智恵を拝借したいのですが……」

竹町の渡しで舟を下りてくれないか、という。

「あっしもお供を……」

と長助が申し出たのに、

「いや、手は充分だから、それよりも女達を送ってくれ」

東吾と二人だけで陸へ上った。

「なんだ、源さん」

どうも可笑しいと歩き出しながら、東吾が訊き、

「実は吉原で人殺しがありました」

と源三郎が打ちあけた。

「下手人はすぐ召捕られまして、事件は片がついているのですが……その女が死にぎわ

に東吾さんの名をいって……まあ、別に意味はないのですが、傍輩《ほうばい》の話だと、なにかにつけて、東吾さんののろけをきかされていたそうなんです」

「まさか……春景楼の……」

「お染です」

頭をなぐられたような衝撃を受けて、東吾は立ち止った。

「源さん、俺はその女と寝ていない」

「信用します。お染が傍輩にいったそうです。妓楼へ上って、酒の相手をしてくれて、親身に話をきいてくれて……指一本触れない男がいるなんて、夢みたいだと……」

東吾は頭へ手をやった。

「まるで、野暮の見本じゃないか」

「しかし、お染は嬉しかったようですよ。今度、登楼してくれたら、なにがなんでも間夫にしたいと……おるいさんにはいえませんがね」

「お染が……なんで殺されたんだ」

声が上ずりそうになって、東吾は咳《せき》ばらいをした。

「日本橋の近江屋という呉服屋の手代で清三郎というのが下手人です」

お染のところへ熱くなって通っていたのが、女に冷たくされたのを怨んで、心中する気でやって来た。

「春景楼じゃ、いつもなら、そいつを上げないのに、たまたま、時刻が早くて若い衆も遣り手も店先に出ていなかった。男はまっすぐお染の部屋へかけ上って、出刃庖丁で一突きにしたそうです」

お染の叫び声で人がかけつけ、清三郎を取り押えたが、

「お染は出血がひどくて、医者が来る前に息を引取りました」

なかば駈け足で日本堤から吉原へ行ってみると、すでにお染の死体は、春景楼の山谷の寮へ移されていた。

せめて、線香の一本もあげてやりたいという東吾を伴って、源三郎が春景楼の寮へ案内した。

お染は布団に寝かされていて、その横に春景楼の主人と、仲よしだったというおきみという新造がついている。

「ようこそ、お出で下さいました。どんなにか、お染が喜びますことか……」

主人に挨拶されて、東吾は経机の上の香炉に香を投じて合掌した。

「かようなことになろうとは夢にも思わず、清三郎をあきらめさせたのは、手前の分別でございました。それが、このようなことになろうとは……」

青ざめて唇を慄わせる主人の隣から、おきみという丸顔の妓が泣きながら訴えた。

「お染さんは、年季があけたら、子供相手の駄菓子屋をするって……そうすると、お客さんが必ず、買い物に来てくれる約束だからって……そりゃあ、たのしみだって……」

お染の死顔は思ったより安らかであった。

傍輩が、みんなして死顔に化粧をしたというのだが、赤い唇からは今にも話しかけて来そうな感じがある。

僧が来て、東吾は源三郎と共に寮を出た。

「お染の野辺送りは、春景楼がちゃんとやるそうです。もう二年で年季があける筈で、随分、働いてもらったからと、主人が申して居りました」

「墓はどうするんだ」

「そこまでは聞いていませんが……」

清三郎のほうは入牢《じゅろう》中だが、軽くても島送りになるだろうといった。

帰りは猪牙であった。

月は高くなって、大川の舟遊びも数が少くなっている。

「おるいさんに気づかれないようにして下さい」

女は、たとい亭主が他の女と寝ていなくとも、

「お染が、東吾さんを好きだったというだけで、嬉しくないもののようですから……」

「源さんも分別くさくなったもんだ」

あいつは気がついていても、なんにもいわないよ、といいたいのを口に出さず、東吾は大川にきらきらと輝いて映っている十五夜の月をみつめていた。

月光が、川面を白くみせ、それが八朔の吉原の妓達を連想させた。

舟は蔵前の米蔵を右にみて、悠々と下って行く。

「秋ですな」

源三郎が、まことにこの男らしくもなく慨歎し、東吾は舷《ふなばた》を叩く川波を聞いていた。

浮世《うきよ》小路《こうじ》の女《おんな》

一

秋日和の中を東吾が大川端の「かわせみ」へ帰って来ると、畝源三郎が来ていた。

「この節、宿帳改めがやかましくなりましてね」

諸国から素性の知れない流れ者が多く江戸へ入り込んでいる。

脱藩した浪人者や無宿者、兇状《きょうじょう》持ち、渡世人などの取締りのためだといいながら、るいのいれた茶を旨そうに飲んでいる。

「ちょうどいい。桔梗屋の団子を買って来たんだ。みんなでお茶にしよう」

包をお吉に渡し、以前はるいの部屋だった居間に入ると、源三郎がいそいそとついて来た。

この律義な友人は、東吾の留守にはいくらるいが勧めても、帳場より奥には入らない。

「東吾さんも、所帯を持って変りましたね」

るいが東吾の大小を離れへ持って行くのを見送ってから笑う。

「団子を買って来たことをいうなら、源さんの早とちりだ。俺は昔から饅頭《まんじゅう》だの団子だのを、まめに買う男さ」

兄の通之進が酒よりも甘いものを喜ぶから、どこそこの菓子が評判だなぞと耳にすると、なるべく買って帰る癖がいつの間にかついている。

「るいと夫婦になる前だって、しょっちゅう、かわせみへ土産をぶら下げて来たもんだ」

団子を皿に盛って来たお吉が、なんの話かよくわからないままに、相槌を打った。

「本当に、若先生のお買いになるのはおいしくって、あたしも番頭さんもたのしみにしているんですよ」

「一番喜んでいるのはおるいさんでしょう。なにしろ、甘い御亭主なんだから……」

遠慮なしに団子をつまんで、源三郎が片目をつぶった。

「ここへ来て、寄席の女芸人の話なんぞしたら、ひっぱたかれそうですな」

「源さんが思うほど、うちの奥方は焼餅やきじゃあないさ」

お吉が真顔で訊いた。

「どこかの女芸人が、若先生に岡惚れしてるんですか」

「よせやい。女芸人に知り合いなんぞあってたまるか」

るいが東吾の着替えを持って戻って来た。

「女芸人が事件でも起したんですか」

「実は、そうなんです」

団子の串をおいて、湯呑を取った。

「浄瑠璃《じょうるり》講釈というのを知っていますか」

お吉が張り切って膝を進めた。

「うちへお泊りのお客様からうかがったんですけどね、芝居ばなしを講釈でやるんですってね。義太夫の三味線が合いの手に入って、そりゃあいいもんだそうですよ」

「女の講釈師か」

ひと昔前に女《むすめ》義太夫が流行したが、度重なる取締りで下火になった。寄席や小屋で芸をみせるだけではなく、娼妓のように客を取ったためである。

で、東吾は今度もそれかと思った。

「まあ、女の芸人が客と色事に奔《はし》るのは仕方ないだろう。もともと鹿爪らしい商売じゃないんだ」

「菊花亭秋月は、別に客を取ったわけじゃありません。評判では堅いほうだそうで……」

「菊花亭秋月……」

「女の講釈師です。男に欺されたのは、その三味線を弾いているおていという娘で……」

源三郎がちょっとすわり直して話し続けた。

「神田の亀井町に高橋良典という医者がいます。細川越中守様のお抱え医者だそうですが、自宅で患者を診ますし、頼まれれば往診もするそうです」

大名の抱え医者は一応、主人の屋敷より八町四方の中に居住することになってはいたが、実際には守られていなかった。

普通は町屋に住み、修業という名目で患者をとることが許されている。そういう意味では町医者と変りはないのだが、やはり、大名のお抱えとなると格式も違うし、信用もあって、けっこう流行《はや》っている者が多い。

亀井町の高橋良典もそういった一人だが、

「これが、ゆすられました」

相手は菊花亭秋月という女芸人で、

「秋月の妹分で三味線弾きのおていが、良典のおもちゃにされて放り出された。医者ともあろう者がそういう非道なことをしてよいのか、細川様へ訴え出ると申しまして……」

「金を出せということか」

「まあ、そうでしょう」

「良典《ちょう》は、金を出したのか」

「逆に町役人へ、女芸人を訴えました。女芸人なぞに知り合いはない。おていという女は行きずりに具合が悪くなったとかけ込んで来たので容態をみて薬を与えたが、その薬料を払いたくなくて、いいがかりをつけて来たと申すのです」

いかがわしい芸人などには、よくあることなので町役人も心得て、奉行所へ届け出た。

「神林様から、手前に双方をよく調べてみるようにとお指図がありまして……」

「兄上が……」

片方は大名家お抱えの医者、一方は女芸人であった。まして、しがない芸人が格式のある医者をゆすったのであってみれば、処罰されるのはどちらか、すでに決っているようなものである。

「つまりは源さん、俺に手伝ってくれということか」

源三郎が憎めない顔で頭を下げた。

二

ざっと着替えをして、ぼつぼつ夕風の吹き出した大川を両国へ舟で向った。

船頭は深川の長助のところの若い衆で、無論、長助も供をしている。

「正直にいいますとね」

舟の中で源三郎が白状した。

「菊花亭秋月という女を一応、番屋へ呼んで話を聞こうとしたんですが、牡蠣《かき》のように口をつぐんでしまって、なんにもいわないのです。いささか、手を焼きまして、東吾さんなら女を扱い馴れているからと……」

弁解とも、おだてともつかない源三郎の言葉に、長助が可笑《おか》しそうに下をむいている。

「なにをいってやがる」

舟の中でおしのぎに、と、お吉が大急ぎで板前に用意させたらしい海苔巻を口へ放り込んで東吾が憎まれ口を叩いた。

「定廻りの旦那は、いい女に甘すぎるんじゃねえのかい」

「東吾さん、どうして菊花亭秋月がいい女だと知っているんです」

「だからいってるじゃないか。人三化七《にんさんばけしち》の女なら、源さんがもて余すわけがねえ」

「そりゃもう、折紙つきのいい女なんですよ」

長助が嬉しそうに口を出した。

「年の頃は二十七、八……もうちょっと上かも知れませんが、芸人にはもったいないくらい品のいい女でして……少々、意地っぱりなのが玉にきずですが、色白の、なんともいい目をした……」

「驚いたな。長助親分まで、たいした肩の入れようじゃないか」

「おまけに声がいいんです。あっしは旦那のお供で、はじめて浄瑠璃講釈ってのを聞いたんですが、せりふ廻しなんざ下手な役者顔負けです。義太夫のほうも小節がきいて、なかなかどうも、たいしたもんでして……」

「三味線弾きのほうは、どうなんだ」

「そいつは婆さんで……」

「婆さんを、医者がおもちゃにしたのか」

慌てて、源三郎が訂正した。

「長助のみた三味線弾きはおていではありません。具合を悪くしてやすんでいるそうで、代りに婆さんの三味線弾きが出ていたんです」

そんな話をしているうちに、両国橋がみえて来た。

手前の舟着場から陸へ上って、両国広小路へ出る。

この広場は午前中は近在の百姓が野菜を売りに来て、ちょいとした青物市場になるが、午後はそれらがすっかり片づいて常駐の小屋掛から小芝居の下座の音だの、寄席の鳴り物が聞え、客を呼び込む声が姦《かしま》しいほどになる。

源三郎が東吾を案内したのは、その小屋の一つで、これは寄席らしく講釈師や噺家《はなしか》の名前を書いた幟《のぼり》が並んでいる。

心得て長助が木戸番に声をかけると、

「菊花亭秋月なら、今日は出ていませんよ」

という。

わけは楽屋のほうで訊ねてくれと指さされて、裏へ廻ると、小肥りの初老の男が顔を出した。

「乾坤坊《けんこんぼう》玄斎と申します」

近頃、人気のある講釈師の一人で、菊花亭秋月に講釈を教えたのは自分で、一応、師弟の関係にあるといった。

「秋月は、なんで休んでいるんだ」

東吾が訊き、玄斎が忌々しげに答えた。

「町役人のほうから、ここの親方へいって来たそうで……ゆすりを働いた芸人を高座に出すのは不届だっていうようなことでして……」

今日も秋月はここへ来たのだが、そういわれて帰って行ったという。

「お前さん、秋月の師匠なら、人柄を知っているだろう。医者をゆすって金を出させるような女か」

「とんでもないことで……」

怒りで顔が赤くなった。

「あいつはゆすりをするような女じゃございません。ただ、妹分のおていを大層、可愛がっていて、そのおていがひどい奴にあったというので、随分と腹を立てていましたが、ゆすりなんていうのは、なにかの間違いでございます」

「秋月に講釈を教えたといったが、いつ頃から弟子にした……」

「丸三年になりましょうか」

女義太夫の一座にいた時に知り合ったといった。

「どうも仲間とうまく行っていないようで、手前が相談に乗ってやったのがきっかけで、別に色恋じゃございません。手前にも、生きていれば、あの年頃の娘が居りましたので、つい、他人のようには思えませんで……」

性格のいい、きちんとした娘だと、玄斎は力をこめていった。

「大方、医者があることないことお上に申し上げたに違いございません。どうか、秋月の力になってやって下さいまし」

菊花亭秋月の住居が室町の浮世小路と教えられて、東吾達は両国広小路をあとにした。

「驚きましたな」

歩きながら源三郎がいった。

「手前が秋月に会ったのは、昨日のことで、その時は別に高座を休むようにとは申していません」

高橋良典から訴えはあったが、奉行所としては秋月を処罰したわけではない。

「お裁きも下りていないのに、仕事をさせないというのは、町役人の越権です」

いったい、誰が両国広小路の寄席の親方にそういうことをいったのかと、源三郎は立腹している。

「源さんはそういうが、お抱え医者をゆすったとなると、世間の常識じゃ、相当の悪女ってことになるぜ」

それくらいのことがわからない源三郎ではないのに、どうも、秋月の肩を持った考え方をするのは、余っ程、秋月の印象がよかったせいだろうと東吾は推量した。

浮世小路は室町三丁目の東側の路地を入ったところで、江戸橋のところから引き込んで鉤《かぎ》の手になっている堀の終りが浮世小路の突き当りとぶつかっている。

菊花亭秋月の家はその掘割にむいた三軒長屋のまん中で、格子戸の外には女住いらしく花の鉢が二つばかりおいてあったが、どちらも花は咲いていない。

源三郎が長助をつれて町役人のところへ行ったので、東吾は物珍しげに格子の周囲を眺めていた。

「もし、手前どもに、なにか御用ですか」

背後から、きりっとした女の声で呼びかけられて東吾はゆっくりふりむいた。

洗い髪をきりきりと高く巻き上げて、銀の平打ちのかんざし一本で留めてある。

下馬《したうま》付きの袷に幅の狭い帯を男結びにして、素足に塗りの下駄を突っかけている。片手に小桶《こおけ》、指に糠袋《ぬかぶくろ》の糸を絡ませているところは、風呂帰りであった。

成程、これはいい女だと東吾が眺めていると、同じようにこっちをみつめていた女の表情が急に変った。明らかに、なにかを思い出したという顔である。東吾と視線がぶつかると慌てて、とってつけたみたいに笑い出した。

「幼な顔って、あんまり変らないものですねえ」

一人言のように呟いた。

「俺を知っているのか」

「そちらさんは、あたしをおぼえておいでですか」

「いや」

苦笑してかぶりを振った。

「残念だが、初対面だと思うが……」

「それじゃ、あたしも、お初にお目にかかります、菊花亭秋月でございます、と御挨拶申しましょう」

奥歯にものがはさまったような言い方だったが、東吾はこだわらなかった。

「あんた、今日、高座にあげてもらえなかったそうだな。畝の旦那が町役人に、よけいなことをするなとかけ合いに行っているよ」

秋月がちらと自分の家のほうをみた。

「こんな所ですいませんが、病人がいるもんですから……」

東吾を誘うように掘割のふちに立った。

いい具合に、あたりに人の姿はない。日は暮れかけていたが、掘割の上の空には明るさが残っていた。

「病人とは、おていか……」

高橋良典という医者に弄《もてあそ》ばれた三味線弾きである。

「もう一月《ひとつき》になるんです。寝たっきりで……」

「どこが悪いんだ」

「子供を堕《おろ》したんです」

「なに……」

「自分が孕《はら》ましといて、自分で堕したんですよ」

「高橋という医者がか」

「とんだお抱え医者だと思いませんか」

「それで、かけ合いに行ったのか」

「あんまりだと思ったんですよ」

「金をよこせといったのか」

「いいません。あの子の身の立つようにしてもらいたいとはいいましたけど……売り物買い物なんだから、金で遊んだ女に苦情をいわれる筋はないって……」

「それで、細川侯の名を出したんだな」

「熊本の殿様のお抱えだってことを、いつも自慢にしてましたからね」

「どうしてそういうことを畝の旦那に話さなかったんだ」

「どうせ、なにをいっても無駄だろうと思ったんです。なかみは助平医者でも世間じゃお大名のお抱えでまかり通ってるんですから……」

それに、もしかすると、といいかけて秋月が路地のほうをみた。

畝源三郎と長助が近づいて来る。

秋月がそれまでとは少し違った声でいった。

「あたしのいってることが嘘かどうか、とにかく病人を見て下さいまし」

三

すでに夜になっていたが、東吾はまっしぐらに本所の麻生家へ行って、宗太郎に会った。

「毎度、厄介をかけてすまないんだが……」

東吾の話をききながら、宗太郎は嫌な顔もせず、薬籠の仕度をした。

「行きましょう」

「今夜でなくともよいのだが……」

「患者を診るのは一刻も早いほうがよいというのが、医者の原則です」

「すまん」

両国橋を渡って、今来た道を浮世小路へ急いだ。

「早速だが、医者をつれて来た」

格子を叩いて東吾が声をかけると、驚いた顔で秋月が障子を開ける。宗太郎はもう草履を脱いでいた。

「診察が終るまで、東吾さんは外にいて下さい」

上りかまちの板敷からいきなり一間きりの住居であった。

いわれた通り、東吾は夕方、秋月と立ち話をした掘割のふちで星空を眺めていた。

格子戸が開いたのは半刻近く経ってからである。

宗太郎は薬籠からいくつかの薬の包を出して秋月に煎じ方や飲ませ方を丁寧に説明していた。

「二、三日したら、又、来てみます」

おまたせしましたと東吾に声をかけて敷居をまたぐ宗太郎を、薬包を袂に抱くようにして、秋月が目を一杯の涙にして見送っている。

「どうにも、ひどい医者があったものです」

浮世小路を出てから、宗太郎が抑えた調子でいった。

「一カ月も出血が止っていなかったのですよ。いったい、どういう処置をしたのか」

「下手をすると死ぬところだったわけか」

病人の様子をみた時、素人の東吾ですら、これは只事ではないと宗太郎の所へ走った。

「間違いなくあの世行きでしたね」

「助かるんだろうな」

「助ける自信はありますが、悪くすると、二度と、子供は産めなくなるでしょう」

夜の中で宗太郎の声が憂鬱《ゆううつ》そうであった。

「同じ医者として、まことに腹立たしく、情ない気持です」

「そう怒るな。これから先は俺が考える」

許せないと東吾も腹を決めていた。

本所へ宗太郎を送って、深川の長寿庵へ行く。

源三郎は長寿庵で東吾を待っていた。

「とにかく、高橋良典を徹底的に調べることだ。その上で、どうするか決めよう」

宗太郎から訊いた病人の状態をすっかり話してから、東吾は友人の目をのぞくようにして告げた。

中二日ほどおいて、源三郎が長助と共に「かわせみ」へやって来た。

その時間をみはからって訪ねたので、東吾はもう帰って来て居り、彼の前でるいとお吉が、なにが可笑しいのか笑いころげている。

源三郎と長助へ、東吾がぶら下げていた紙包をふってみせた。

「又、桔梗屋の団子ですか」

思わず源三郎も破顔し、東吾が忌々しい表情をした。

「今日でたて続けに四日なんだ。最初がこの前、源さんの来た日だろう。翌日、宗太郎に厄介をかけた礼に本所の麻生家へ買って行った。昨日は兄上の所へ届けないと、七重の口から義姉上《あねうえ》に知れるとまずいと思ってね。そうしたら、今日はるいの奴が、又、食べたいといい出してさ」

「けっこうじゃありませんか。天下泰平で」

「桔梗屋でいわれたよ。いくらお好きでも、四日続けて買われる方は珍しい、御贔屓《ごひいき》にして頂いた御礼に、本日はお代は頂戴致しません、末長く手前共の団子を可愛がって下さいまし、だとさ」

るいが東吾の手から団子の包を取り上げた。

「よろしいじゃございませんか。先方さんは喜んで下すったんですから……」

「冗談じゃない。団子なんぞ可愛がってたまるか」

「それで東吾さん、ただでもらって来たんですか」

「そういうわけにもいかないから、別に二包、そっちは金を出して買って来た。どうせ、今日あたり、源さんと長助が来るだろうと思ってね」

その二つの包は、お吉が膝の上にのせている。

「お帰りにお忘れなく……」

「桔梗屋でへどもどしている東吾さんの顔がみたかったですな」

ひとさわぎしたあとで、源三郎がすわり直した。

「高橋良典の噂ですが、決して悪くはないのです」

室町あたりを縄張りにしている御用聞きに源太というのがいるのだが、

「どちらかというと、鼻薬をきかせられると悪いことはいわない手合いでして……」

町内の金のある連中は大なり小なりつけ届けをしているようだし、

「なまじ、高橋良典を調べていることを、むこうへ御注進に及ばれてはと思いまして、長助に厄介をかけました」

という。

長助がぼんのくぼに軽く手をやった。

「あっしは、あの界隈じゃ顔を知られて居りませんので、畝の旦那にお智恵を授かって、品川のほうの廻船問屋の手代ということに致しまして、主人が長患いで、さる方から高橋先生を紹介されたのだが、お内儀さんが心配してなさるんで、どんなお医者か評判を聞きに来たと申しまして……」

そういうことには、まことに熟達している長助であった。外見も実直な商人が板について居る。もともと、蕎麦屋の長寿庵の主人である。

「良典と申しますのは、あまり貧乏人の患者は診ないようで、得意先は金のある大店や地主、それに裕福なお旗本でございます」

大体、大名のお抱え医者ともなると、貧乏人は最初から敬遠して、門をくぐらない。

「室町界隈は大店、老舗が多うございますので、良典に診てもらったという患家をそれからそれへ何軒か当ってみましたが、なかなか上手な先生だと申しますばかりで……」

良典にかかったが、薬石効なく歿《なくな》ったという患者もあるのだが、

「まあ、最後まで親切に診てもらったことだし、当人の寿命だったということでして……」

良典を悪くいう者はなかった。

「但し、薬料のほうはかなりのものでございまして……」

病気によっても違うのだろうが、七日で五両、十両というのも珍しくないらしい。

「その他に、診て頂くだけでも三両、家まで来てもらう分には、一里内外は二両、二里は三両、それより遠いと五両ということになって居りますそうで、駕籠代は患家持ちとききました」

「たいしたものだな」

ちょっとした病気でも、すぐ十両ぐらいはふっとんでしまう。

家には女房と娘が一人で、

「二十歳になる倅《せがれ》は長崎へ修業にやっているそうでございます」

特に女好きという噂はないが、芝居好きで上方から役者が東下りをしたなぞというと、家族揃って見物に出かけるし、当人もうまくはないが義太夫の稽古をしているといった。

「両国へ浄瑠璃講釈を聞きに行く可能性は充分だな」

菊花亭秋月の高座をみに行って、三味線弾きのおていに手を出したというのは嘘ではあるまいが、高橋良典が知らぬ存ぜぬといい張っているので始末に負えない。

おまけに秋月をゆすりだと訴え出ているのだ。

「弱い者、貧乏になりかねませんな」

なんとかして、高橋良典の非を明らかにしたいというのが源三郎の気持だが、まさか、大名の抱え医者を番屋へしょっぴいて石を抱かせて白状させるわけにも行かない。

「汚ねえ奴だな」

金はふんだんにあるのだから、金で始末をつけようとするなら、まだしも、愛敬があるが、逆にゆすりと難癖をつけて、お上に片付けさせようとした。

不愉快を東吾はもて余したが、これといって智恵も出ない。

「なんにしても、秋月を助けてやらなけりゃなるまい」

源三郎が町役人にかけ合ったので、両国の寄席には出ているが、お抱え医者をゆすったということが知れていて、芸人の中には意地悪をする者もあるらしい。

「師匠の乾坤坊がかばっているようですが……」

長助がむずかしい顔をした。

翌日、東吾は講武所の帰りに両国広小路へ出た。

寄席の木戸番に、

「菊花亭秋月は、もう終ったか」

と訊くと、これからだというので木戸銭を払って客席へ入った。

客の入りはまあまあといったところで、回向院《えこういん》の参詣に来た帰りといった老人が目立つ。

いかつい顔の講釈師が「曾我物語」を読んで引き下ると、そのあとが菊花亭秋月であった。

太棹《ふとざお》の三味線にのって語り出したのは「三十三間堂棟由来《むなぎのゆらい》」で、声に艶《つや》と色気があって、もともと女義太夫の一座にいたというのが納得出来る。

それに、髪を後で一つに結んで紫の紐をかけ、黒紋付の着付に袴といった男姿がいささか気の強そうな秋月によく似合っている。

つい聞き惚れてうとうとしてしまい、気がついてみると秋月が袖へひっ込むところであった。

慌てて外へ出て、今度は楽屋口で待っていると、

「お疲れさま、お先にすみません」

という秋月の声がして莚《むしろ》を下げたところから彼女が外へ出て来た。

髪は櫛巻きにして、縞の着物に昼夜帯《ちゅうやおび》というごく当り前な恰好に着替えている。

「やあ」

と東吾が手を上げると、駒下駄の音を立てて走り寄って来た。

「客席にいらしてたの知ってましたよ」

並んで歩き出しながら笑った。

「よく寝てらしたこと……」

「あんまりいい声なんで、つい、ねむくなったんだ」

「そんな賞め方があるもんですか」

浮世小路の家には病人がいるから話が出来ない、ちょっとつき合ってくれ、と東吾がいうと、秋月はうなずいてついて来た。

横山町へ出たところで鰻屋へ入った。まだ時分刻《じぶんどき》には早く、店は閑散としている。

酒と鰻、ちょっとした突き出しなどを註文して小座敷で向い合った。

「おていの具合はどうだ」

秋月が改めて手を突いた。

「おかげさまで顔色もよくなりましたし、ものも食べるようになって……」

昨日、宗太郎が又、薬を届けがてら診に来てくれたという。

「もう心配はないとおっしゃって、体力さえついたら、元のような暮しが出来るそうです」

「あいつは本物の名医だからな」

酒が来て、東吾が勧めると、秋月は素直に盃を取った。

「お医者にも、いろいろあると思いました」

いい飲みっぷりで盃をあけ、今度は東吾に酌をする。

「あたしが今までに出会ったお医者はみんないやな奴ばっかり……」

「そんなに医者とつき合いがあるのか」

秋月が東吾をみつめて笑い声を立てた。

「高橋って奴で、二人目ですけどね」

最初は堺町にあった寄席に秋月が出ていた時、通って来たのだといった。

「今だから、なんでもいいますけど、本当はあたしをくどいたんです。きっぱり断ったら、いつの間にかおていに近づいて、それも憎いじゃありませんか、顔色がよくないから薬をやろうといって、お屋敷へひっぱり込んで手ごめにしたんですよ」

「女房と娘がいる筈だが……」

「二人とも、箱根へ湯治に行っていて留守だったそうです」

「悪い野郎だなぁ」

高橋良典が、秋月に目をつけたのなら納得出来た。おていという三味線弾きは、ごく平凡な娘である。

いってみれば、良典は秋月の身代りでおていに手を出したのだろうし、それがわかっている秋月としては、一層、おていにすまなくて居ても立ってもという気持なのだと思う。

「良典がおていをみごもらせて、そいつを自分で堕して失敗《しくじ》ったってことを白状させりゃ、間違いなくあいつは罪になるんだが、まずまともに訊いたら口を割るまいな」

それが公になれば大名家のお抱えも馘首《くび》になるし、医者としても通用しなくなる。

秋月がぐいと盃を干した。

「まともに訊いていわないなら、まともじゃなくいわせましょうか」

「まともじゃなく……」

「あたしが良典を呼び出すんです。お上から立派なお医者をゆするとは不届だとお叱りを受けた。このままだと江戸にも居られないし芸人もやって行けないから、どうか、訴えをとり下げてもらいたいって、頭を下げて頼むんです」

「それで……」

「あいつは女にも酒にも目がないっておていがいってました。なんとかうまく持ちかけてあいつに白状させてみます」

「あんたにそんなことが出来るのか」

「みくびらないで下さい、これでも芸人のはしくれなんです。手練手管《てれんてくだ》ぐらいお茶の子さいさいですよ」

「俺は、そういうのはあんまり気が進まないんだ」

秋月にあまり飲ませてはまずいと思い、もっぱら手酌で飲みながら東吾はいった。

「女が体を張ってというのは、よくない」

「だから、いざとなったらとび出して来て下さいよ」

「俺が、どこかにかくれているのか」

「証人がいなけりゃ、いくら白状させたってなんにもならないじゃありませんか」

「そりゃあそうだ」

腹ごしらえをすませ、病人のために折詰を作らせて、その店を出る頃には、東吾は秋月にいいまかされて、

「とにかく、源さんに相談してみるよ」

といっていた。

秋月を送りがてら浮世小路へ向う。

表通りは横山町から通塩町、通旅籠町と続いて大伝馬町になる。

「来月十九日がべったら市ですね」

いきいきと秋月が喋り出した。

「そこの大丸屋から室町三丁目まで、ずらりと市が立つんです」

「えびす市のことか」

毎年正月十九日と十月十九日に、この通りの店の軒下にずらりと露天の市が立つ。

もともとは近くの魚問屋が売れそこなった魚をここへ運んで安売りをしたのだが、人気が出て、だんだんに縁起物のえびす大黒だの、植木や瀬戸物、古着や小間物まで並べて売るようになり、夜の九ツ（午前零時）まで賑やかな売り声につられて大層な人出になる。

「べったら市ともいうんですよ。ここの市で売る浅漬の大根がおいしいから……」

「そいつは知らなかった」

「あたしが案内しますから、一緒に見物しませんか。それとも、べったら市なんかを、あたしみたいな者とうろうろしたら、お兄様に叱られますか」

「なんだと……」

どうして秋月が兄のことを知っているのかと思った。

「そういえば、お前、初めて会った時、俺が子供の時と同じ顔をしているというようなことをいってたな」

秋月が下をむいて笑った。

「知っているんですもの、東吾様の子供の頃を……」

「どうして……」

「遊んだことも、喧嘩したこともあるんですよ」

そういわれても、東吾にはまるっきり心当りがない。

「お前、どこに住んでいたんだ」

「八丁堀です」

浮世小路へまがるところであった。秋月は鰻の折詰を大事そうに抱えて、小走りに路地へ入って行った。

四

長助が泡をくって「かわせみ」へ飛んで来たのは、それから五日後の夜で、たまたま、東吾は訪ねて来た宗太郎と酒を飲んでいた。

宗太郎は近くの患家へ往診に出かけた帰りで、来月の月見の宴に是非、東吾夫婦を招きたいという麻生源右衛門の口上を伝えに寄ったものである。

「秋月から文が来たんです。今夜、横山町の川徳に医者を呼び出したっていう……」

使は八丁堀の神林家へ行き、用人が「かわせみ」の東吾へ知らせようと外へ出たところへ運よく畝源三郎と長助が通りかかった。

「旦那は川徳へ行きました。すぐ、お出ましを願います」

「秋月の奴、こっちが手筈をととのえるまで待てといったのに……」

東吾が立ち上ると、宗太郎も盃をおいた。

「手前も一緒に行きましょう」

秋月の企みがうまく行くかどうかは別にして、

「生証人は多いほどいい筈です」

長助を先頭に、わあっと「かわせみ」を出た。

横山町の「川徳」というのは、この前、東吾が秋月を伴って行った鰻屋である。

「全く、あいつと来たら……」

八丁堀育ちで、東吾の子供の頃を知っているといった女であった。今の秋月の年恰好から考えると、るいと同年齢ではないかと思うのだが、どう思案しても記憶がない。

走りづめに走って「川徳」へたどりつくと、この前、顔をみたこの店の主人が手まねで奥を指している。

「その……お上の御用なんだそうでして……」

秋月がそういったのかと、東吾はあっけにとられたが、更に開いた口がふさがらなくなったのは、秋月が高橋良典と会っているのは、この前、東吾が通された座敷だというので、

「あれから、女の方が二度ばかりお出でになりまして、すっかり、手筈をお決めになりまして……」

どうやら、主人は秋月を町奉行所の女密偵のようなものとかん違いをしている。

足音を忍ばせて入ったのは、秋月達の部屋のすぐ隣で二つの部屋の間はまことに薄い板壁だけだから、声は筒抜けであった。

暗い中に、源三郎がいる。東吾と宗太郎は四つん這いで、その横へ行った。

いきなり秋月の声が耳に入った。

「先生がいけないんですよ、おていなんかに手を出すから……あんなちんぴらに乗りかえられたと思ったら、むかむかして……」

「しかし、あんたはいい返事をしなかったじゃないか」

酔った返事は、高橋良典に違いない。

「一度や二度のお誘いで転んだんじゃあ、菊花亭秋月の名がすたります。これでも仲間内じゃあ堅いって評判なんですから……」

畳をにじりよる気配がした。

「手間をかけさせる女だな」

体のぶつかり合う音がして、秋月が荒い息遣いで笑った。

「せっかちな先生……」

「訴えを取り下げてやればよいのだろう」

「おていの二の舞はいやですよ。子供が出来て、先生が堕したら、しくじった……あの子、お医者に診てもらったら、もう子供は出来ないかも知れないって……」

「どこの医者に診せたのだ」

良典がけわしい声になった。

「あたしの仲間がつれて来てくれたんですよ。今にも死にそうだったから……」

「なんという医者だ」

「東庵先生……川むこうに住んでるってききましたけど、まだ若い人」

「どんな治療をしたんだ」

「どんなって……お薬をくれましたよ」

「毎日、来るのか」

「いいえ、来てくれたのは一度っきり。あたしらみたいな貧乏人を親切に診てくれるお医者なんていませんよ」

秋月の皮肉は、良典に通じないようであった。

「まさか、わしの名を出したんじゃあるまいな」

「お上にさんざん説教されましたからね。今度、高橋先生のお名前を出したら、ただじゃすまないって……」

良典がやや落ちついたようであった。

「おていの子なんぞ、俺のかどうかわかりはしない。どうせ、何人もの客を相手にしているんだ」

「さあ、どうでしょうか」

「わしは医者だぞ、調べればわかる」

どさりと人の倒れるのが聞えた。良典が秋月を押し倒したのかと、東吾は思わず腰を浮かした。

「お前だって、調べてみれば、評判通り堅いかどうか……」

「おていは……」

あえぎながら、秋月がいった。

「本当に、もう子供が出来ないんですか。先生が下手に堕したから……」

「そんなことはもういいじゃないか。おていには少々、金をやってもいい」

「先生のしくじり代ですか」

「あいつが悪いんだ。痛がってじっとして居らんから……ほれ、じっとして居るんだぞ。今、いい気分にさせてやる……」

三人が殆ど同時に立った。

源三郎が廊下から障子を荒っぽく開ける。秋月の上にのしかかっていた良典が、わけのわからない顔でふりむいた。

「高橋良典先生、役儀をもって取調べる。御同行願いましょう」

源三郎が如何にも定廻りの旦那らしいきびきびした調子で叩きつけた。

高橋良典を吟味したのは、神林通之進であった。

良典は往生ぎわが悪く、さまざまにいい逃れをしようとしたが、なにしろ、良典の告白を聞いたのが三人もいて、その一人は将軍家御典医の天野宗伯の悴であり、母方の義父は同じく将軍家の典薬頭《てんやくのかみ》である今大路成徳とわかって漸く恐れ入った。

良典の罪状が公になると、細川家からは奉行所に対し、良典を解任した旨、通知があり、良典は家財没収の上、江戸追放となった。

「源さん、お秋って娘の記憶はないか」

万事が決着してから、東吾が源三郎に訊いた。

菊花亭秋月の本名がお秋と知ってからのことである。

「そのことについて、神林様から少々、うかがいました」

八丁堀の与力で岡島文次郎という者が、自分の敷地内を少々、医者に貸していたことがある。

大体、与力は各々、三百坪からの敷地を代々、拝領しているので、なかには余分な地所を人に貸す者もいて、借り手は医者が多かった。

「岡島どのの地所に住んでいた医者は女房をなくして、後添えをもらったのですが、それが子連れでした」

七歳になる娘で、名をお秋といった。

「ですが、お秋が八丁堀にいたのは、ほんの数カ月で、結局、新しい父親に馴染まなかったことで親類へ養女にやられたそうです」

「そのお秋が菊花亭秋月なのか」

「左様だそうです」

「兄上は、どうして知って居られたんだろう」

「秋月から神林どのに直訴の文が来たそうで、それになにもかも書いてあったようです」

「驚いたな」

それにしても、おぼえが全くない。

「子供時分に、俺が遊んだのは、女の子ではるいぐらいのものだったんだ」

男友達ばかりの中に、るいが入って来たのは、るいの母親が歿って不愍だということで東吾の母が、なにかにつけて、るいの面倒をみ、屋敷へ呼びよせていたからだった。

「かわせみ」で、東吾は一件落着の話をしたついでにお秋の話をした。

るいも、お秋を知らないという。

お秋の今の年齢から算えてみると、その時分、東吾は五歳であった。

「東吾様が五歳というと、私の母が歿った年だと思います。私、母が歿って暫くの間、親類へあずけられていました」

父一人娘一人では、という配慮だったが、るいも父を恋しがり、父も娘と別れがたくて、結局、半年ばかりで家へ戻った。

「もしかすると、私が八丁堀にいなかった頃のことかも知れません」

「とにかく、俺はなんにもおぼえていない」

るいとの思い出なら、次から次へと浮んで来る。

「よく、るいを泣かせたっけな」

凧《たこ》をあげる手伝いをさせて、どうやってもうまく上らないのをるいのせいにして腹を立てた。

るいの大事にしていた人形をうっかり溝に落したり、

「あの時だったかな。るいが怒って、もう絶対に俺の女房になってやらないっていったのは……」

たしか亀島橋の袂だった。

るいがまっ赤な顔をして怒って、

「もう、東吾様のお嫁になってあげません」

と叫んだ。

「それ、東吾様の記憶違いです」

るいが抗議した。

「私、東吾様にそんなことを申し上げたおぼえはありません」

子供の時から、自分と東吾が身分違いであることは承知していたと、るいはいった。

「ですもの、そんな大それたことという筈がありません」

「なに、いったんだよ。るいが忘れたんだ」

その時はそれで終ったのだが、三、四日経って、築地の操練所の帰りに、東吾はなんとなく亀島橋の袂へ行った。

どうも記憶が心にひっかかっている。

風が吹いていたと思う。

幼い女の子は髪をふり乱し、まっ赤な顔で東吾に武者ぶりついてきた。なんだか憶えていないが、とにかく、東吾がその子に悪いことをしたに違いない。

女の子は泣きながら、大きな声でどなった。

「もう、東吾様のお嫁になってあげません」

川の面をみつめていて、東吾はうっと声を上げた。

あれは、るいではなかった。るいのいったように、彼女は親類へあずけられていた。

そして、東吾の前に立っていた女の子は、

「お秋だったんだ」

東吾の記憶の中で、いつか、るいとお秋が一つになっていたものだ。

お秋に、思い出したよ、といってやりたくて、そのまま、浮世小路へ向った。

寄席は昼席だけだから、もう家へ帰っていると考えたのだったが、お秋の長屋は空家になっていた。

「一座の人達と上方へ行くことになったって……おていさんと一緒に……つい四、五日前でしたか、旅立って行ったんですよ」

茫然と浮世小路の掘割に立ちつくして、東吾は挨拶なしに旅立って行った菊花亭秋月の気持を考えていた。

秋月が良典を呼び出したという知らせの文を使にことづけた先は八丁堀の兄の屋敷であった。

ということは、その時点で秋月は東吾がるいと夫婦になって「かわせみ」で暮しているのを知らなかったに違いない。

それを秋月が知ったのは、おそらく、良典の裁きの間であろう。

東吾を訪ねて、「かわせみ」へ来にくかった秋月の女心が、東吾にもなんとなくわかるようであった。

室町の通りへ出た。

あと二日で、えびす市であった。

わたしが案内するから、二人でべったら市を見物しませんかと誘ったお秋の声が甦《よみがえ》って来て、東吾は夕風の中を黙々と歩き出した。

本書は一九九三年十月に刊行された文春文庫「恋文心中　御宿かわせみ15」の新装版です。

文春文庫

恋文心中《こいぶみしんじゅう》　御宿《おんやど》かわせみ15

定価はカバーに表示してあります

2005年10月10日　新装版第1刷
2025年3月15日　第8刷

著　者　平《ひら》岩《いわ》弓《ゆみ》枝《え》

発行者　大沼貴之
発行所　株式会社 文藝春秋

東京都千代田区紀尾井町 3-23　〒102-8008
TEL 03・3265・1211(代)
文藝春秋ホームページ　https://www.bunshun.co.jp

落丁、乱丁本は、お手数ですが小社製作部宛お送り下さい。送料小社負担でお取替致します。

印刷製本・TOPPANクロレ

Printed in Japan
ISBN978-4-16-716897-1

（　）内は解説者。品切の節はご容赦下さい。

赤川次郎
赤川次郎クラシックス 幽霊列車
山間の温泉町へ向う列車から八人の乗客が蒸発。中年警部・宇野は推理マニアの女子大生・永井夕子と謎を追う――。オール讀物推理小説新人賞受賞作を含む記念碑的作品集。　（山前　譲）
あ-1-39

有吉佐和子
青い壺
無名の陶芸家が生んだ青磁の壺が売られ贈られ盗まれ、十余年後に作者と再会した時――。壺が映し出した人間の有為転変を鮮やかに描き出した有吉文学の名作、復刊！　（平松洋子）
あ-3-5

芥川龍之介
羅生門《らしょうもん》 蜘蛛《くも》の糸《いと》 杜子春《とししゅん》 外十八篇
昭和、平成とあまたの作家が登場したが、この天才を越えた者がいただろうか？　近代知性の極に荒廃を見た作家の、光芒を放つ珠玉集。日本人の心の遺産「現代日本文学館」その二。
あ-29-1

朝井リョウ
武道館
【正しい選択】なんて、この世にない。「武道館ライブ」という合言葉のもとに活動する少女たちが最終的に〝自分の頭で〟選んだ道とは――。大きな夢に向かう姿を描く。　（つんく♂）
あ-68-2

朝井リョウ
ままならないから私とあなた
平凡だが心優しい雪子の友人、薫は天才少女と呼ばれる。成長に従い、二人の価値観は次第に離れていき、決定的な対立が訪れるが……。一章分加筆の表題作ほか一篇収録。　（小出祐介）
あ-68-3

阿部和重
オーガ（ニ）ズム　（上下）
ある夜、瀕死の男が阿部和重の自宅に転がり込んだ。その男の正体はCIAケースオフィサー。核テロの陰謀を阻止すべく、作家たちは新都・神町へ。破格のロードノベル！　（柳楽　馨）
あ-72-2

彩瀬まる
くちなし
別れた男の片腕と暮らす女。運命で結ばれた恋人同士に見える花。幻想的な世界がリアルに浮かび上がる繊細で鮮烈な短篇集。直木賞候補作・第五回高校生直木賞受賞作。　（千早　茜）
あ-82-1

朝比奈あすか
人間タワー
毎年6年生が挑んできた運動会の花形「人間タワー」。その是非をめぐり、教師・児童・親が繰り広げるノンストップ群像劇。無数の思惑が交錯し、胸を打つ結末が訪れる！（宮崎吾朗）
あ-84-1

会田　誠
げいさい
田舎出の芸大志望の僕は、カオス化した美大の学園祭の打ち上げに参加し、浪人生活を振り返る。心を揺さぶる表現とは。揺れ動く青年期を気鋭の現代美術家が鮮明に描いた傑作青春小説。

あ-94-1

五木寛之
蒼ざめた馬を見よ
ソ連の作家が書いた体制批判の小説を巡る恐るべき陰謀。直木賞受賞の表題作を初め、「赤い広場の女」「バルカンの星の下に」「夜の斧」など初期の傑作全五篇を収録した短篇集。（山内亮史）
い-1-33

井上　靖
おろしや国酔夢譚
船が難破し、アリューシャン列島に漂着した光太夫ら。厳寒のシベリアを渡り、ロシア皇帝に謁見、十年の月日の後に帰国できたのは、ただのふたりだけ。映画化された傑作。（江藤　淳）
い-2-31

井上ひさし
四十一番の少年
辛い境遇から這い上がろうと焦る少年が恐ろしい事件を招く表題作ほか、養護施設で暮らす子供の切ない夢と残酷な現実が胸に迫る珠玉の三篇。自伝的名作。（百目鬼恭三郎・長部日出雄）
い-3-30

色川武大
怪しい来客簿
日常生活の狭間にかいま見る妖しの世界——独自の感性と性癖、幻想が醸しだす類いなき宇宙を清冽な文体で描きだした、泉鏡花文学賞受賞の世評高き連作短篇集。（長部日出雄）
い-9-4

伊集院　静
受け月
願いごとがこぼれずに叶う月か……。高校野球で鬼監督と呼ばれた男が、引退の日、空を見上げていた。表題作他、選考委員に絶賛された「切子皿」など全七篇。直木賞受賞作。（長部日出雄）
い-26-4

（　）内は解説者。品切の節はご容赦下さい。

伊集院　静
羊の目
男の名はサイレントマン。神に祈りを捧げる殺人者――。戦後の闇社会を震撼させたヤクザの、哀しくも一途な生涯を描き、なお清々しい余韻を残す長篇大河小説。（西木正明）
い-26-15

池澤夏樹
南の島のティオ　増補版
ときどき不思議なことが起きる南の島で、つつましくも心豊かに成長する少年ティオ。小学館文学賞を受賞した連作短篇集に「海の向こうに帰った兵士たち」を加えた増補版。（神沢利子）
い-30-2

絲山《いとやま》秋子
沖で待つ
同期入社の太っちゃんが死んだ。私は約束を果たすべく、彼の部屋にしのびこむ。恋愛ではない男女の友情と信頼を描く芥川賞受賞の表題作。「勤労感謝の日」ほか一篇を併録。（夏川けい子）
い-62-2

絲山秋子
離陸
矢木沢ダムに出向中の佐藤弘の元へ見知らぬ黒人が訪れる。「女優の行方を探してほしい」。昔の恋人を追って弘の運命は意外な方向へ――。静かな祈りに満ちた傑作長編。（池澤夏樹）
い-62-3

伊坂幸太郎
死神の精度
俺が仕事をするといつも降るんだ――七日間の調査の後その人間の生死を決める死神たちは音楽を愛し大抵は死を選ぶ。クールでちょっとズレてる死神が見た六つの人生。（沼野充義）
い-70-1

伊坂幸太郎
死神の浮力
娘を殺された山野辺夫妻は、無罪判決を受けた犯人への復讐を計画していた。そこへ人間の死の可否を判定する〝死神〟の千葉がやってきて、彼らと共に犯人を追うが――。（円堂都司昭）
い-70-2

阿部和重・伊坂幸太郎
キャプテンサンダーボルト（上下）
大陰謀に巻き込まれた小学校以来の友人コンビ。不死身のテロリストと警察から逃げきり、世界を救え！　人気作家二人がタッグを組んで生まれた徹夜必至のエンタメ大作。（佐々木　敦）
い-70-51

磯﨑憲一郎
日本蒙昧前史
大阪万博、ロッキード事件など、戦後を彩る事件をそれぞれの渦中の人物の視点で描く、芥川賞作家の傑作長篇にして、文体の真骨頂。第56回谷崎潤一郎賞受賞作。（川上弘美）
い-94-2

伊吹有喜
雲を紡ぐ
不登校になった高校2年の美緒は、盛岡の祖父の元へ向う。羊毛を手仕事で染め紡ぐ作業を手伝ううち内面に変化が訪れる。親子三代「心の糸」の物語。スピンオフ短編収録。（北上次郎）
い-102-2

岩井俊二
キリエのうた
歌うことでしか声を出せない路上シンガー・キリエ。マネージャーを自称するイッコ。二人と数奇な絆で結ばれた夏彦。別れと出逢いを繰り返し、それぞれの人生が交差し奏でる〝讃歌《うた》〟。

い-103-4

今村夏子
木になった亜沙
切なる願いから杉の木に転生した少女は、わりばしとなり若者と出会った――。他者との繋がりを希求する魂を描く歪で美しい作品集。単行本未収録のエッセイを増補。（村田沙耶香）
い-110-1

一色さゆり
ユリイカの宝箱
アートの島と秘密の鍵
落ち込む優彩のもとに、見知らぬ旅行会社から「アートの旅」の案内が届く。頼れるガイドの桐子とともに、優彩は直島を旅することになり――。アートと旅をめぐる連作短編集！
い-112-1

上田早夕里
播磨国妖綺譚
あきつ鬼の記
律秀と呂秀は、庶民と暮らす心優しい法師陰陽師の兄弟。村に流れる物騒な噂を聞き調べる中で、呂秀は「新しい主」を求める一匹の鬼と出会い、主従関係を結ぶことに。（細谷正充）
う-35-2

内田英治
ミッドナイトスワン
トランスジェンダーの凪沙は、育児放棄にあっていた少女・一果を預かることになる。孤独に生きてきた凪沙に、次第に母性が芽生えていく。切なくも美しい現代の愛を描く、奇跡の物語。

う-37-1

（　）内は解説者。品切の節はご容赦下さい。

江國香織
赤い長靴
二人なのに一人ぼっち。江國マジックが描き尽くす結婚という不思議な風景。何かが起こる予感をはらみつつ、怖いほど美しい十四の物語が展開する。絶品の連作短篇小説集。（青木淳悟）
え-10-1

小川洋子
妊娠カレンダー
姉が出産する病院は、神秘的な器具に満ちた不思議の国……妊娠をきっかけにゆらぐ現実を描く芥川賞受賞作。「妊娠カレンダー」『ドミトリイ』『夕暮れの給食室と雨のプール』。（松村栄子）
お-17-1

小川洋子
やさしい訴え
夫から逃れ、山あいの別荘に隠れ住む「わたし」とチェンバロ作りの男、その女弟子。心地よく、ときに残酷な三人の物語の行き着く先は？　揺らぐ心を描いた傑作小説。（青柳いづみこ）
お-17-2

小川洋子
猫を抱いて象と泳ぐ
伝説のチェスプレーヤー、リトル・アリョーヒン。彼はいつしか「盤下の詩人」として奇跡のように美しい棋譜を生み出す。静謐にして愛おしい、宝物のような傑作長篇小説。（山﨑　努）
お-17-3

奥田英朗
無理（上下）
壊れかけた地方都市・ゆめのに暮らす訳アリの五人。それぞれの人生がひょんなことから交錯し、猛スピードで崩壊してゆく様を描いた傑作群像劇。一気読み必至の話題作！
お-38-5

大宮エリー
思いを伝えるということ
つらさ、切なさ、何かを乗り越えようとする強い気もち、誰かのことを大切に想う励まし……エリーが本当に思っていることを赤裸々に、自身も驚くほど勇敢に書き記した、詩と短篇集。
お-51-3

荻原　浩
ひまわり事件
幼稚園児と老人がタッグを組んで、闘う相手は？　隣接する老人ホーム「ひまわり苑」と「ひまわり幼稚園」の交流を大人の事情が邪魔するが。勇気あふれる熱血幼老物語！（西上心太）
お-56-2

尾崎世界観
祐介・字慰
クリープハイプ尾崎世界観、慟哭の初小説！　売れないバンドマンが恋をしたのはピンサロ嬢――。「尾崎祐介」が「尾崎世界観」になるまで。書下ろし短篇「字慰」を収録。（村田沙耶香）
お-76-1

開高　健
ロマネ・コンティ・一九三五年
六つの短篇小説
酒、食、阿片、釣魚などをテーマに、その豊饒から悲惨までを描きつくした名短篇集は、作家の没後20年を超えて、なお輝きを失わない。川端康成文学賞受賞の「玉、砕ける」他全6篇。（高橋英夫）
か-1-12

川上弘美
真鶴
12年前に夫の礼は、「真鶴」という言葉を日記に残し失踪した。京は母親、一人娘と暮らしを営む。不在の夫に思いを馳せつつ恋人と逢瀬を重ねる京は、東京と真鶴の間を往還する。（三浦雅士）
か-21-6

川上弘美
水声
亡くなったママが夢に現れるようになったのは、都が弟の陵と暮らしはじめてからだった――。愛と人生の最も謎めいた部分に迫る静謐な長編。読売文学賞受賞作。（江國香織）
か-21-8

角田光代
空中庭園
京橋家のモットーは「何ごともつつみかくさず」……普通の家族の表と裏、光と影を描いた連作家族小説。第三回婦人公論文芸賞受賞、小泉今日子主演で映画化された話題作。（石田衣良）
か-32-3

角田光代
対岸の彼女
女社長の葵と、専業主婦の小夜子。二人の出会いと友情は、些細なことから亀裂を生じていくが……。孤独から希望へ、感動の傑作長篇。直木賞受賞作。（森　絵都）
か-32-5

門井慶喜
東京、はじまる
下級武士ながら学問に励み洋行、列強諸国と日本の差に焦り、恩師コンドルから仕事を横取り！　日銀、東京駅など近代日本の顔を作り続けた建築家・辰野金吾の熱い生涯。（吉田大助）
か-48-8